# Vive la mariée !

Odile ANIZET

# Vive la mariée !

Roman policier

Édition: BoD-Books on Demand
12-14 rond-point des Champs-Élysées, 75008 Paris
Impression: BoD Books on Demand, Norderstedt,
Allemagne

ISBN : 978-2-322375622
Dépôt légal : février 2022

*— Il ne faut pas de tout pour faire un monde, il faut du bonheur et rien d'autre. —*

*Paul Eluard*

# Partie I

# Chapitre 1.

Benjamin Montlouis ouvre l'œil ; il fait beau, très beau. De sa fenêtre il entrevoit les palmiers qui valsent au gré des alizés ; le ciel sans nuage vibre d'un bleu roi clair et tranchant.

Il s'étire, avec la volupté d'un chat : la jambe droite d'abord, pointe de pied allongée bien loin, la gauche ensuite, puis un bras, l'autre bras puis les deux pour mieux sentir les muscles de son dos se tendre comme un arc. Un moment d'intense plaisir ; l'entrée dans la journée, une belle journée, une journée particulière : sa fille arrive. Elle vient se marier auprès de lui. Il en a été surpris. Il en est ému, tout en se demandant, malgré tout, si ce n'est pas le cadre plutôt que le père que Lola apprécie. Se marier en Guadeloupe, c'est exotique pour elle, non ? Il chasse rapidement cette pensée. Elle est de ce pays ! Et puis, c'est bien inutile de bouder son plaisir. Elle sera bientôt là. Il pourra alors la serrer contre lui comme quand elle était petite et qu'elle avait peur des soucougnans ou autres zombis. Il revoit les premiers temps de bonheur avec Natalie sa mère, les virées à moto sur les routes dangereuses, les soirées entre amis à refaire le monde et puis l'arrivée d'une enfant qui, même si elle hypothèque quelque peu la vie de ses parents, est une découverte quotidienne merveilleuse. Cette petite-là irait loin, avait prédit sa grand-mère paternelle qui avait bien des prémonitions et savait aussi interpréter les rêves. N'avait-elle pas vu la trahison de Natalie lorsque Ben lui avait confié avoir rêvé que son épouse mourrait dans un accident ? Mais le passé est le passé. Il reverra Natalie avec plaisir. Ils ont partagé de belles années. Et puis, ils ont en commun une jeune femme pleine d'énergie.

Déjà, pense-t-il. Je vais déjà marier ma fille. Ça veut dire que je suis vieux, que je serai bientôt grand-père, que mes tempes grisonnantes vont s'estomper dans la blancheur prochaine de ma chevelure ! Qu'ai-je fait de tout ce temps ? Comment ai-je utilisé les heures de mon existence ? Qu'ai-je fait de bon, de moins bon, de laid, d'ignoble peut-être ?

Une vie bien remplie, estime-t-il. Oh, pas de flamboyante réussite, non, mais il a fait ce qu'il avait envie de faire. Ses envies ? D'abord ouvrir un restaurant, apporter aux autres un plaisir simple : bien manger, manger du bon, du soigné, du goûteux. Sa mère lui a appris la savoureuse cuisine créole qu'il adapte au gré de sa fantaisie et des saisons. Il revoit la patience et la recherche de perfection qu'elle mettait à confectionner une viande de porc roussie ou une daube de poisson. C'étaient des heures de préparation : la viande marinait la veille dans un mélange d'épices et d'eau vinaigrée, puis, au matin, on allumait le réchaud à charbon et on déposait les morceaux dans le canari[1] où ils prenaient une belle couleur dorée, frémissant dans la graisse et les rondelles d'oignons. Ils cuisaient plusieurs heures sous l'œil aiguisé de la meilleure cuisinière du monde. Les odeurs de bois d'Inde et de fumet envahissaient la cuisine qui se trouvait dans la cour. — Jodla, man Line ka fè kochon rousi —[2], disait-on alentour. Ben a gardé de cet exemple le goût du travail bien fait. Mais ce qu'il aime par-dessus tout, c'est jouer avec les saveurs des produits locaux. En perpétuelle recherche, il innove, proposant à

---

[1] Faitout, marmite
[2] — Aujourd'hui, Madame Line prépare du cochon roussi —

sa clientèle, des créations inédites, comme cette préparation de ouassous au gingembre qu'il accompagne d'un gratin de patates douces travaillé en grand secret ou son pâté de poisson aux épinards-pays. Il mène son entreprise avec brio, offrant une nourriture saine et colorée, de quoi réunir fidèles et touristes. Il aime ces échanges sans risque : des moments d'humanité partagée, rien qui n'engage le fondement même de la personne, une distraction bienfaisante qui apporte joie et bonne humeur et le réconcilie parfois avec l'espèce humaine peu reluisante que présentent les journaux. Il s'est ainsi créé un environnement agréable et sécurisant : tout le monde l'apprécie et il aime cela.

Une autre de ses envies était de trouver une compagne avec qui il ferait route longtemps, avec qui il aurait des enfants : une partie du contrat est remplie, même si, pendant quelques années, il lui avait semblé avoir tout raté : un divorce, le départ pour la France de son ex-épouse Natalie, de son ex-ami et de sa fille. Peu de contacts ensuite d'autant que Lola n'avait pas donné signe de vie pendant quatre ans. A personne d'ailleurs ! Et puis, un jour, il l'avait vue arriver et leur relation avait repris, comme si elle n'avait jamais été interrompue : tendresse, complicité, amour de la nature ; une certaine conception de la vie faite à la fois de bienveillance et de jouissance. Lola n'avait jamais dit ce qu'elle avait vécu dans l'intervalle mais il se doutait qu'elle avait souffert. Il en avait pour preuve certains silences, certains regards perdus qu'il observait chez elle. Avait-elle trouvé la paix ? Il n'en savait rien. Elle se confiait peu.

Sa vie sentimentale, elle, se résume à des rencontres illusoires et décevantes. Pourtant, il en a vécu, des histoires d'amour. Il y a eu Laure, la douce Laure, attentive à tout ce qui était lui, dévouée au point de s'oublier mais trop pressante à son goût, trop soumise : il a besoin qu'on lui résiste, rien qu'un peu, qu'on existe face à lui, gamin capricieux, éternel adolescent. Il avait apprécié cette sollicitude pendant deux ans parce qu'elle le valorisait, faisait de lui un héros, lui donnant le pouvoir de protéger mais aussi de blesser ou d'humilier. Il en avait gagné en confiance, en arrogance aussi. Laure l'avait lassé : à trop vouloir aimer, on s'oublie, on disparaît, on devient une ombre. Alors, il était parti, prétextant la nécessité d'une pause, donnant espoir d'un retour qui n'était jamais venu. Une lâcheté de plus. Il savait bien que tout était fini. Il imaginait Laure guettant le moindre bruit de pas dans le couloir ou regardant désespérément son téléphone. Il la savait malheureuse, mais qu'y pouvait-il ? Il fallait bien qu'il soit heureux, lui ! Et ce ne serait pas avec elle. Qu'était-elle devenue ? Il avait seulement entendu dire combien elle le haïssait. Elle aurait même parlé de vengeance. Elle, se venger ? Mais de quoi ? De n'avoir pu répondre aux désirs d'un homme ? Non, elle avait sûrement trouvé ce qu'elle cherchait. Ils étaient nombreux les hommes enclins à être mis sur un piédestal.

Anne, la belle et énigmatique, elle, aurait pu se venger ! Anne qui l'avait pris dans les filets de son charme toxique, l'avait fait plonger dans l'étang glauque de sa folie ; Anne qui avait ensuite coulé à pic, sous ses yeux impuissants. Une lente descente dans les limbes de la drogue ; bientôt décharnée, débarrassée de toute pudeur, de toute humanité et bientôt délaissée. On ne sauve pas les gens contre eux-mêmes, s'étaient exclamés ses amis, quand il leur avait dit son sentiment de culpabilité. Ce discours l'arrangeait : il s'était sauvé ; elle s'était perdue.

D'autres encore l'avaient parfois meurtri, lui renvoyant sa suffisance ou du moins son apparente assurance. Il avait le sentiment d'être indestructible dans ce domaine. Donner des coups, oui, mais il n'avait jamais pensé en recevoir. Quelques bleus tout au plus, rien de grave.

Natalie, il l'avait rencontrée à une soirée de carnaval. Elle avait quinze ans, lui dix-sept. Natalie l'embrassait goulument et voulait lui offrir son jeune corps. Il avait fui devant cette spontanéité envahissante. Il voulait vivre autre chose. Et il avait vécu autre chose. Plus tard, ils s'étaient retrouvés, s'étaient mariés, avaient eu Lola. Natalie s'était assagie ; elle avait perdu de sa fougue ; lui avait besoin de calme après ses précédents échecs. Mais Natalie l'avait trahi, elle qui avait fui avec Marc, son meilleur ami. Coupable oui. Mais lui aussi avait sa part de responsabilité ; il ne l'avait compris que plus tard, trop tard.

Quand on lui demande de décrire sa fille, il n'y parvient pas vraiment. Il dit : Lola, c'est Lola. Elle est belle et intelligente, un point c'est tout. On a tellement peu d'objectivité avec ses enfants. Et puis, voilà quelques mois qu'il ne l'a pas vue. Sept mille kilomètres entre eux et des voyages éclairs d'un côté et de l'autre. Comment connaître quelqu'un avec qui on ne vit pas ? Il y a longtemps que Natalie l'a emmenée en Normandie, quinze ans peut-être ! Lui est resté auprès de sa lignée, un peu encombrante certes mais elle avait le mérite d'être là lors des coups durs. Une mère impassible que rien ne paraissait avoir ébranlée : ni la perte d'un fils en mer, ni l'anéantissement de son commerce par le cyclone Hugo, ni la mort de son époux encore jeune, miné par le rhum dont il ne pouvait se passer. Ce père qu'il croyait fort, tant sa haute taille le faisait grand et protecteur, ce père si fragile, décidément. Et tout ce qu'il n'a jamais su. Reste sa sœur Jasmine, préoccupée de la famille qu'elle s'est construite, sorte de havre de paix et de lumière qui l'a sortie du marasme familial. Ils se voient peu, s'appellent souvent. Une forme de pudeur les tient à distance l'un de l'autre, chacun conscient qu'il doit se prendre en main, ne plus compter que sur lui-même. La vie, n'est-ce pas ?

Comme il avait maudit Natalie ! Partir avec Marc, son ami-frère, celui avec qui il avait arpenté les savanes et les mornes, — dégommant — à coup de jespom [3] les premiers mangos, cuisant les fwiyapen[4] dans la cendre ou embrochant quelques ouassous saisis à la main dans l'eau froide de la Rivière Rouge. L'école qu'on remplaçait par les drives[5] dans les bois ou plus tard par les copains dans les sous-sols des immeubles : musique, pétards et discussions enflammées qui se terminaient par quelques insultes et départs précipités. On ne jouait ni du couteau ni du flingue à l'époque. On avait des poings, ça faisait mal, c'est tout. Les premières filles avec Marc, celles qu'ils partageaient sans qu'elles le sachent, celles qui passaient de l'un à l'autre sans vergogne.

Marc et Natalie étaient partis avec les enfants, Lola, quinze ans et Jonathan, le neveu que Marc avait adopté. Ben n'avait jamais revu

---

[3] Lance-pierre
[4] Fruits à pain
[5] Promenades, balades erratiques

celui qui avait biffé d'un seul trait une amitié qu'ils s'étaient jurée éternelle. Il était mort des suites d'une longue maladie, disait-on pudiquement. Ben pensait parfois qu'il était mort d'ennui, lui pour qui la Guadeloupe était la mère patrie, lui qui buvait le soleil, s'enfuyait sous l'eau pour ne pas entendre les éternelles disputes de ses parents, dansait avec brio lors des lewoz[6]. Comment avait-il pu survivre dans la pluie et le brouillard normands, sans la chaleur de son pays et de ses habitants, sans la régularité du temps ponctué par ses deux saisons, l'une sage, l'autre plus folle ? Il avait dû souffrir de ses choix. Mais nous vivons tous des épreuves ; nous avons tous nos lâchetés et nos failles, comme nous avons tous nos succès, pense Ben.

Et aujourd'hui, il y a Lola, rien que Lola.

---

[6] Un des sept rythmes du gwoka (genre musical principalement joué avec des tambours : ka). Par extension, soirée où le ka invite au chant et aux danses traditionnelles.

# Chapitre 2.

A l'aéroport, c'est un chassé-croisé brouillon. Des familles arrivent, d'autres partent. Des gens se retrouvent, émus aux larmes ; ils s'embrassent avec ferveur, se regardent, s'exclament d'être réunis, enfin. Il y a aussi ce vieux monsieur en costume trois pièces qui attend quelqu'un avec un superbe bouquet rond assorti à sa cravate. L'amour donne des ailes et fait cligner les yeux. Il est beau cet homme, solennel, droit comme un i. Et son cœur sûrement doit vibrer d'impatience ; d'appréhension aussi. Et si elle ne venait pas ? Et si elle l'avait oublié ? Et si le bonheur n'était plus pour lui ? Benjamin sourit. Ne pourrait-il pas être un jour ce vieil homme empressé ?

Ceux qui partent se pressent : les contrôles sont nombreux et il faut les passer tous ensemble.

— C'est papa qui a les billets.

—Et les cartes d'identité, qui les a ?

—Ah, lui aussi. J'ai eu peur. Imagine qu'on les perde ! Il faut dire qu'avec les trois petits, ce n'est pas simple de voyager.

—Et le bébé pleure déjà. Ça va être drôle dans l'avion.

—Moi, je lui ai donné un peu de mélisse : il paraît que ça calme.

—Vous croyez ?

—Ça ne peut pas lui faire mal.

—Mais il est tout petit.

—Non, ma mère nous a toujours donné de la mélisse, alors !

—Allez les enfants, c'est notre tour. Vite, vous ne voyez pas qu'on va être en retard.

—Et si l'avion décolle sans nous ?

—Mais non, mon chéri, ne pleure pas, tu sais bien que l'avion nous attendra. Et puis, tu vas voir, là-bas, comme ça va être bien. Il y a Tatie Jacqueline et Tonton Henri et plein de cousins. Et puis, on fera les courses dans les grands magasins ; on ira au parc animalier voir les girafes et les éléphants. Ne pleure plus, donne ta main, va. —

Si le calme revient pour certains, l'agacement en dépasse vite d'autres. Du bruit, des murmures, des voix aiguës qui s'interpellent, des cris aussi : c'est un brouhaha terrifiant pour les petits. On court qui à droite, qui à gauche ; quelques mains lestes tapent sur les fesses des plus lents. Une frénésie s'empare des voyageurs, heureux de partir mais aussi anxieux des heures interminables qu'ils vont passer dans l'avion, serrés contre un voisin malodorant ou une voisine obèse ; les corps qui s'affalent dans le sommeil, se touchant parfois pour assouvir un besoin de confort, voire de réconfort. Le stress aussi car on vole au-dessus de l'océan et sait-on jamais ! Il y a eu l'avion de Rio, alors, ça peut arriver, non ?

On est à la mi-juin et l'on part en vacances pour profiter du prix des billets. Dans deux semaines, celui-ci atteindra des sommes astronomiques pour une famille entière. On va voir les parents, ceux qui vivent — là-bas —, souvent en région parisienne. Ils sont partis un jour pour ne plus revenir. Parfois avec le Bumidom, cet Eldorado qu'on leur a fait miroiter et qu'ils n'ont jamais trouvé. Et quand ils reviennent, ces — négropolitains —, Dieu sait combien on les regarde avec défiance. Leur créole pointu en fait rire certains. Mais le plus souvent avec bonhommie. Le pays a changé, les gens aussi. Comment se situer dans un pays qu'on ne connaît plus ?

Ben a bien songé partir pour vivre auprès de sa fille mais il n'a pas osé ; comment allait-il être accueilli, lui — l'étranger —, le gars d'ailleurs, le domien ? Lui aussi aurait eu bien du mal à faire sa vie là-bas. Il savait combien la cohabitation pouvait être malaisée, combien la méfiance, le racisme mais aussi la curiosité pouvaient dévaluer les relations, retarder l'intégration dans une société qui différait par bien des points de la sienne : une langue commune, certes, mais qui n'était pas celle qu'il parlait au pays, une culture qu'il ne reconnaissait pas, un mode de vie restreint par un climat peu clément. Il était resté, songeant que les voyages se faisaient facilement et que Lola et lui pourraient aller et venir l'un et l'autre sans problème. Seulement, ce n'était pas si simple : chacun vivait sa vie, le restaurant marchait bien, si bien qu'il avait peu de temps à lui ;    les rencontres étaient devenues trop rares pour créer une réelle complicité, même si, depuis quelques années, elles étaient plus fréquentes. Il s'était fait de Lola une certaine image qui ne correspondait peut-être pas à la réalité. Que savait-il d'elle, d'ailleurs ? Elle, de son côté, devait s'interroger aussi.

Ah, les voilà ! Il les a aperçus de l'entresol où il s'est posté. Large baie vitrée qui descend jusqu'au sol, balustrades pour le confort de ceux qui attendent. On entrevoit les voyageurs qui passent au loin, ombres chinoises dont on cherche à trouver l'identité, le cœur battant, puis c'est la descente dans la salle aux bagages ; certains lèvent les yeux, tentent de reconnaître l'époux, l'enfant ou le cousin. Mais c'est bien difficile tant la lumière du jour pénètre les lieux et aveugle, retardant encore le moment des retrouvailles. On se devine ; on se trompe ; on craint de ne pas reconnaître celui ou celle qu'on vient accueillir. On cligne des yeux, on salue sans savoir ; il vaut mieux sinon !

Ben sent monter une émotion qu'il ne prévoyait pas. Les liens du sang sont-ils si forts ? Il aperçoit Lola. Mais est-ce bien elle, cette jeune femme qui se nimbe d'un halo doré : dorée la peau de chabine, dorée la chevelure frisée, dorée la silhouette. Une apparition, lui semble-t-il, une fée. N'en fait-il pas trop ? A côté d'elle, un jeune homme, grand, blond apparemment et une dame qui regarde autour d'elle, inquiète. Plus loin, guettant les bagages, Natalie, égale à elle-même, longue dame mince aux cheveux courts, vêtue d'une robe bariolée dont elle a le secret. Une de ses créations, à n'en point douter. Elle a toujours inventé des vêtements, pour lui à qui elle confectionnait des pantalons légers en wax, pour elle, des robes à falbala dont l'originalité pouvait frôler l'extravagance, pour Lola, des tenues madras, rayées ou à pois, toujours très colorées, joyeuses. Et Natalie l'était, joyeuse, tellement d'ailleurs qu'elle l'interpellait dans sa façon d'être : imprévisible Natalie qui savait faire le clown, grimacer à l'envi pour distraire son public, faire le spectacle puis soudain sombrer dans une incroyable tristesse d'où elle émergeait bientôt sans donner la moindre explication. Elle croise son regard, l'aperçoit, lui sourit puis le montre à quelqu'un qui se retourne, silhouette sèche et raide : Louise, son ex-belle-mère, Louise la tenace mais aussi la fourbe. Elle est là aussi, bien sûr. Il s'y attendait. Comme il s'en méfie ! Ce qu'il sait d'elle la place dans la catégorie des dangereuses, des néfastes, des oiseaux de mauvais augure et des porte-malheur, même si, d'après Natalie, elle commence à avoir quelques pertes de mémoire ; mais il semble que cela rende plus méchant encore.

Il descend pour les accueillir. Le hall est plein : les pancartes des loueurs de gîtes ou de voitures fleurissent autour de lui. Des noms écrits sur du carton ou imprimés proprement. Ces noms auront bientôt un visage qui s'ornera d'un large sourire. Bienvenue en Guadeloupe !

Dehors, c'est l'étuve. Quand on sort des lieux climatisés, une bouffée d'air brûlant enveloppe les voyageurs jusqu'à les faire suffoquer. Une touffeur humide qui déclenche des sueurs incontrôlables. Les mouchoirs et autres éventails sortent alors des sacs ou des poches ; on s'essuie le visage, on tapote cous et joues en veillant à ce que le maquillage des dames ne dégouline pas trop ; on se regarde et on s'embrasse du bout des lèvres mais du plein des bras.

— Tu n'as pas changé, non !

—Mais si, regarde, mes rides et puis ce cou flasque qui plisse !

—Ne plaisante pas ! Tu n'as pas changé ; toujours aussi lumineuse !

—Tu vas me faire rougir. Allez, viens encore que je t'embrasse. —

Des mots qui cachent tant d'émotion, tout ce qu'on n'ose dire parce que la pudeur, ah, la pudeur… On se regarde, on se sourit, on rit de ces petits rires discrets qui montrent qu'on est heureux. Moments de joie pleine, sans fard ; le fard viendra plus tard, quand on aura retrouvé ses marques, quand les rancœurs reviendront pourrir les esprits, quand le passé ressurgira avec ses non-dits et ses douleurs.

Soudain, elle se tient face à lui. Le doré de ses yeux l'interroge. Il se raidit. Comment faire ? Comment exprimer le sentiment qui le paralyse, à la fois serrement de cœur qui dit tout ce que l'on a raté et plénitude d'être enfin réunis.

—Tu vas bien ?

—Oui, je suis contente de te voir. Tu m'as manqué, tu sais.

—Toi aussi tu m'as manqué.

Ils sont debout sans bouger, face à face. Puis le premier pas se fait, ensemble et les larmes montent aux yeux. On s'aime, alors ? Comme si l'on pouvait en douter ! Puis on ne se sépare, un peu, rien qu'un peu mais les mains restent soudées.

—C'est Dimitri, je te présente Dimitri. Lui, c'est Ben, mon père.

Un regard, une poignée de main, franche. On s'observe. Qui est l'homme qui va épouser ma fille et partager sa vie ? Qui est ce père lointain dont elle parle si rarement ?

Et puis, voici Louise qui pose ses lèvres sèches sur une joue tendue sans conviction.

—Je vois que vous allez bien, vous. Vous ne changez pas.

Echange distant, presque glacial. On se connaît et on s'évitera.

Une petite dame apparaît ensuite derrière Dimitri :

—Dominique, tu te souviens de moi ?

Ben est un peu interdit mais fait bonne figure.

Dominique, je l'avais oubliée. Natalie m'a expliqué qu'elles s'étaient connues en Guadeloupe et que je la connaissais, se dit Ben. Je n'en ai pas le souvenir.

On se congratule encore puis on va chercher la voiture de location. Ces dames resteront là ; Ben emmènera son futur gendre à l'agence.

Silence. Ils sont tous les deux, côte à côte, dans le véhicule de Ben ; ils ne disent rien ; ils ne se disent rien.

—Ça vous fait quoi de revenir ici ?

—Vous pouvez me tutoyer, Monsieur.

—Alors, tu me tutoies et tu m'appelles Ben.

Voilà, les premiers mots sont là et les autres suivent, sans frein. Oui, Dimitri est heureux de revenir en Guadeloupe. D'ailleurs, c'est là qu'il a rencontré Lola. Oui, ils étaient à l'école ensemble, au collège. Ben n'en revient pas. Encore des retrouvailles — amis d'hier — ou quelque chose comme ça. On accède au passé en un clic. Drôle d'époque où la nostalgie s'empare de nous tous grâce à internet. Il a lui-même essayé et a pu entrer en contact avec Fred, son ami du primaire avec qui il a effectué toute sa scolarité.

On quitte l'aéroport. Les amoureux partent seuls avec les bagages et Ben emmène les autres à leur hôtel.

# Chapitre 3.

L'hôtel se situe sur la côte est. C'est l'un des plus anciens. Une bâtisse sans charme, quelques étages de béton et un hall immense où le bois le dispute au verre dépoli. Un parc aux essences variées offre un peu de fraîcheur aux visiteurs tandis qu'au-delà d'une majestueuse piscine s'étend la plage bordée de cocotiers. La mer est ici accueillante, couleur du ciel changeant en cette saison. Un temps radieux aujourd'hui pour un accueil de qualité. Chacun prend possession de sa chambre. Ben reste un instant avec Dominique et Natalie. Elles doivent faire un point sur la réception du lendemain. Tout est prêt, dans les moindres détails mais il faut que ce soit parfait : on ne se marie qu'une fois, a dit Louise en partant, ce qui lui a valu un regard noir de sa fille. A croire que l'une n'adresse la parole à l'autre que pour la blesser.

Les deux femmes conviennent que la salle sera parfaite. L'organisatrice d'ailleurs est déjà à l'œuvre avec une armée de décorateurs qu'elle dirige à grands cris.

— Mais non, ça, ça va pas là ! T'es idiot ou quoi ! Et Lulu, bouge-toi un peu ; tu traînes encore et on n'a pas fini ! Et toi, alors, je te paie pour quoi, fainéant que tu es. Bouge tes fesses un peu, on n'est pas en vacances, nous ! —

Ben a la langue levée pour intervenir mais Natalie lui prend le bras, le regarde d'un air si doux qu'il s'arrête.

Dominique va la voir, entame une discussion à voix basse puis rejoint le couple.

—Tu lui as dit quoi ? demande Natalie à son amie.

—Ce qu'il fallait apparemment ; elle s'est radoucie. Jusqu'à quand, on ne sait pas avec ces natures explosives !

—Je pense que tout sera prêt pour demain. Laissons-les travailler.

Ils sortent et se dirigent vers le bar. Ils y ont rendez-vous avec la photographe, madame Louis. Une femme les regarde venir, l'air détaché : cheveux roux nattés, robe bohème multicolore, une figure tombée des années soixante-dix, pense Dominique.

—Mesdames, monsieur, je suis Florette Louis, l'amie de Jonathan.

—Son amie ? demande Natalie. Je suis sa mère et je ne vous avais jamais rencontrée.

—On ne connait pas tous les amis de ses enfants, madame Vindex. En fait, je suis une amie de l'épouse de Marc, la première épouse de Marc. Vous, vous êtes la deuxième, la veuve.

Natalie est quelque peu mal à l'aise face à ces remarques d'un goût douteux.

—Ne vous vexez pas. Vous n'y êtes pour rien mais je n'ai pas pu m'empêcher. Passons aux choses d'aujourd'hui. Monsieur Debancourt et moi nous sommes entretenus de ma prestation. Nous sommes tombés d'accord et nous devons signer le contrat. Avec vous, monsieur Montlouis, m'a dit Dimitri. Les photos à la mairie, à l'église, durant la soirée, c'est cela ? demande-t-elle à Ben.

—C'est cela et je vous ai versé une avance, je crois.

—Je l'ai bien reçue, merci.

—Je vous fais un chèque pour le complément et nous comptons sur vous. Ma fille m'a montré votre travail et notre contrat ; nous sommes d'accord.

On signe, on se serre la main. Une affaire rondement menée.

La photographe descend de son tabouret puis s'en va, laissant derrière elle un sillage de patchouli.

Le silence se fait. Puis Ben prend la parole :

—Un peu bizarre cette photographe, non ? C'est gênant, ce lien avec Marc.

—Penses-tu, rétorque Natalie. Elle a voulu faire son petit effet ; elle l'a fait. Fin de l'histoire.

—L'essentiel est qu'elle fasse de jolies photos et ma foi, ce que j'en ai vu me rassure, renchérit Dominique.

—Oui, ne nous inquiétons pas. Il y aura aussi de nombreux amateurs pour fixer l'événement sur la pellicule ! Et puis, faisons confiance à Dimitri et Jonathan, rétorque Natalie.

Ben repart. Ils se verront le lendemain.

— A demain, dit-il, et surtout reposez-vous. —
.

# Chapitre 4.

Dimitri et Lola sont allés explorer les lieux. Le mariage se déroulera ici, dans la partie droite de l'hôtel, entièrement réservée à cet effet. Une large salle ouverte sur la mer favorisant la circulation de l'air. Ils n'auront pas trop chaud. Lola bat des mains, se réjouit du cadre. Les lieux sont animés, la décoration prend forme et la salle a déjà un air de fête.

— Ce sera magnifique, dit Dimitri.

—Et la photographe, tu l'as vue ? Il faut veiller à ce qu'elle prenne de belles photos. Il paraît qu'elle est un peu spéciale.

—Ne t'inquiète pas. Elle sait ce qu'elle a à faire ! Ton frère nous l'a conseillée plutôt que le photographe de l'organisatrice. Et puis, il ne faut pas juger les gens sur leur apparence ; c'est toi qui dis ça, non ?

—Oui, mais il faut superviser.

—Tu es trop perfectionniste, non ?

— Peut-être ; je ressemble à mon père !

—Ben est perfectionniste ?

—Pourquoi, ça t'étonne ? Au fait, tu le trouves comment mon père ?

—Je ne sais pas. Je ne le connais pas. Il a l'air cool.

—Oui, je crois. Enfin, je le connais mal. La distance, Louise et ses à priori stupides qui ont longtemps semé le trouble dans mon esprit. Il était hypocrite, menteur, coureur ; il avait fait souffrir sa fille, que sais-je encore. Un jour, j'ai demandé à ma mère de me parler de leur couple et j'ai compris que s'ils s'étaient séparés, c'est que l'un et l'autre l'avaient voulu. Tu sais, si cela devait nous arriver, il faudrait que cela se passe sans rancœur, sans violence, sans blessure irréparable.

—Cela n'arrivera pas. Pourquoi penser que cela arrivera ?

—Sait-on jamais ?

—On ne se cache rien, non ? Alors, pourquoi voir la fin de ce qui commence ? Toujours ce foutu pessimisme. Vis le présent, ma chérie ; il est porteur de tant de promesses ! Le passé, on s'en fout ! Et l'avenir, on va le construire ensemble.

—Tu as raison, je dramatise, comme chaque fois. J'ai toujours peur de tout perdre quand tout va bien.

—Dis-toi que nous avons tout à gagner ; c'est plus simple comme ça. On fait chaque jour un petit pas, on profite du moment, on tisse peu à peu nos liens. Ma grand-mère paternelle disait qu'on plantait de petits piquets pour bâtir son enclos, au fur et à mesure de son existence. Chaque piquet marquait une étape dans la construction de l'édifice familial. Elle disait aussi que rien n'est jamais définitif et que rien n'est jamais perdu. Si j'ai appris quelque chose à la mort de mon père, c'est qu'il ne faut rater aucune des occasions d'être avec ceux qu'on aime. Le temps passe trop vite.

—Je sais. Mais parfois, c'est dur pour moi. Je traîne avec moi des erreurs, des mauvais choix, des incertitudes.

—Quelles incertitudes ? On s'aime, non ? demande Dimitri, un peu inquiet.

—Oh oui, on s'aime ! Je t'aime, moi parce que la vie avec toi est simple, sans chichis, sans mensonges. Tu es clair, Dimi, transparent ; et j'ai tellement peur de te décevoir, tellement peur de ne pas arriver à vivre !

—Comment arriver à vivre ?

—Eh bien…

Lola s'est arrêtée et semble soucieuses.

—Non... Ce n'est rien, reprend-elle. Se marier, c'est une sacrée étape. Je vais tout te donner de moi et je crains que tu ne me juges.

—Te juger ? Aimer c'est ne pas juger, c'est comprendre, a dit je ne sais plus qui. Je sais que tu as eu des moments difficiles. Nous avons tous des périodes de doute, nous faisons tous des choses que nous regrettons. Mais voilà, on ne peut rien changer, ce qui est fait est fait. Alors, il faut avancer ! Et nous, nous avançons ensemble, n'est-ce pas ?

—Oui, oui, ensemble, réplique Lola, enthousiaste. C'est un beau projet. Je te jure que je ferai tout pour le réussir.

—Moi aussi. Vivement demain !

Ils poursuivent leur chemin en silence. Le soir est beau, le ciel leur offre même des étoiles.

—Oh, regarde comme c'est joli ! —

Ils sont arrivés près d'un bassin sur lequel flottent des nénuphars. Les frondaisons des filaos qui filtrent la lumière font danser mille éclats sur la surface endormie. Plusieurs bancs flanquent le bassin. Ils s'assoient sur l'un d'eux. C'est un coin tranquille, propice aux confidences ou aux rendez-vous clandestins. Seul le bruissement d'une fine cascade trouble le calme du lieu, un chant léger qui accompagne le balancement des anthuriums écarlates. De larges feuilles de siguine s'épanouissent sur les berges. Un mussaenda dépose quelques pétales blancs dans l'or de l'eau. Le silence s'installe entre eux, blottis l'un contre l'autre. Peut-être laissent-ils errer leur esprit vers l'avenir et ce qui se prépare ? A moins qu'ils ne soldent leur passé, pour l'enfouir au fond du bassin, un temps flottant entre deux eaux puis s'immergeant comme ces pièces de monnaie qu'on lance en faisant un vœu.

# Chapitre 5.

Tout le monde est là. En fin de matinée a eu lieu le mariage civil dans la prétentieuse mairie de la ville. Une énorme bâtisse de verre et de béton, un escalier monumental, des salles immenses et un maire parfaitement à l'aise dans ce cadre pompeux. Il s'est encombré de formules alambiquées auxquelles beaucoup n'ont rien compris. Mais il est ainsi des personnes que la langue française subjugue au point d'en aligner les mots les plus complexes ou les alliances les plus saugrenues. Ce qui se conçoit bien…. Natalie, assise à côté de Ben, a d'ailleurs été prise d'un fou-rire qui lui a fait monter les larmes aux yeux. Mais Ben, qui la connaît bien, lui a saisi la main et, sous la caresse ferme de son ex-époux, Natalie a repris tout le sérieux d'une mère attentive.

L'après-midi, la noce s'est engouffrée dans la petite église, découvrant les larges fresques du chemin de croix. L'église est pleine. Un mariage, ça ne se rate pas ! Surtout ce mariage-là ! On se doit d'être présent pour honorer la petite de Ben. Oui, c'est elle, elle est revenue. Une bonne petite, vraiment. Il paraît qu'elle est docteur maintenant. Qui l'aurait cru ? Moi, je pensais qu'elle aurait fait du cinéma. Elle est tellement jolie. Regardez-là entrer au bras de son père. Il fait le fier, le bougre, mais il doit être tout tourneboulé de l'intérieur. Il a un beau costume beige. Vous croyez que c'est du tussor ? On dirait bien. C'est tout lui, ça. Vous savez, je l'ai connu tout petit, Benjamin. C'est la première fois que je le vois aussi bien habillé. Normal, c'est sa fille qu'il marie. Comme elle est belle !

Lola est vêtue d'une robe longue au buste rehaussé de dentelle. Le jupon s'épanouit en pétales de soie écrue, comme la corolle d'une pivoine. La traîne de tulle brodé qui prolonge le long voile vaporeux est soutenue par deux demoiselles d'honneur, toutes pimpantes dans leur robe de plumetis rose buvard. Elles ont l'air grave de celles qui portent une lourde responsabilité et tiennent bien droite leur tête nattée, enrubannée de satin et de perles blanches.

Contrairement au maire, le curé est d'une sobriété presque caricaturale. Un autre mariage a lieu après, dit-il. Il y en a tellement en ce moment ! A croire que c'est bientôt l'apocalypse ! Il prend malgré tout le temps de rappeler avec solennité les devoirs des mariés : protection et fidélité. Lola et Dimitri sont seuls au monde. Derrière eux, on entend quelques reniflements d'émotion, des bruits de pas qui raclent le sol puis une salve d'applaudissements que le prêtre ne semble pas apprécier. Mais c'est beau, un mariage ; il faut le célébrer, faire vibrer les cœurs pour exprimer l'amour.

A la sortie, une pluie de riz attend le cortège. Les appareils photo et autres téléphones crépitent, engrangeant des souvenirs inoubliables. On ne vit qu'une fois ces moments de liesse, même si l'on peut parfois changer de partenaire ! Chaque cérémonie porte en elle le sceau de l'instant.

Puis on descend au bord de la mer prendre quelques photos plus officielles. Un rite ; les rites sont des repères. La photographe, quelque peu échevelée, parle peu mais il paraît que c'est une vraie professionnelle. Car il faut les réussir, ces photos ! Ainsi, celui ou celle qui les retrouvera dans cinquante ans, dans quelqu'album ou quelque boîte de chaussures, partagera ce moment unique, cherchant à reconnaître les personnages, à trouver leur destinée ou à l'inventer. Une invitation au romanesque ! Transmission familiale inhérente au besoin de laisser sa trace, toute petite soit-elle.

Ben se prête au jeu. Natalie lui a pris la main ; il la lui laisse : rien ne doit troubler l'harmonie de ces minutes. Lola est leur fille, à eux deux, n'est-ce pas, alors ils l'affichent et en sont heureux. La photographe glisse un discret sourire. Elle semble satisfaite.

Chacun va retrouver quelques heures de calme avant la soirée. Certains vont repasser le film de la matinée, d'autres vont s'endormir et rêver d'un ailleurs, d'autres encore, fébriles, vérifieront toilette, chaussures et accessoires. Natalie et Ben font un dernier point avec les mariés et Dominique sur le déroulement de la fête : tout est bouclé et l'organisatrice du mariage, Madame Virassamy est une experte. Elle rassure tout le monde, revoit sa troupe de serveurs, fait un dernier tour puis, d'un geste professionnel, ferme les portes de la salle. Plus personne n'y entrera avant l'heure.

# Chapitre 6.

A vingt heures, c'est déjà la cohue. On se presse à l'entrée où un homme en costume d'apparat vérifie les invitations. Il fait chaud ; les éventails s'ouvrent devant les visages maquillés de frais et l'on s'impatiente un peu. Vraiment, l'accueil laisse à désirer. Allons, vous savez bien que l'on ne doit faire entrer que les invités ! Imaginez qu'un groupe de malfrats investisse les lieux : vous diriez quoi ? Vous voyez bien dans quel état est notre société ! Tous ces jeunes qui traînent partout, sans chercher le moindre travail ! Peut-être qu'il n'y en a pas du travail ? Songez à tous ceux qui partent ! Ils s'en vont pourquoi ? Vous croyez que c'est par plaisir ?

Les esprits s'échauffent ici tandis que plus loin fusent les rires. On se reconnaît dans la file. On est heureux de se voir. C'est rare de se retrouver tous ensemble ; chacun est pris par ses activités. Et la vie passe ; et on ne se voit plus qu'aux mariages et aux enterrements.

Les mariés sont assis plus loin sur une estrade posée dans le jardin, sous un dôme de ballons nacrés. On vient les saluer comme on le ferait de souverains et l'on dépose timidement ou ostensiblement un cadeau ou une enveloppe dans la boîte posée à côté d'eux. Ils ont déjà tellement de choses et puis, ils repartent en France alors, à moins de louer un container, il vaut mieux quelques chèques ou billets. Ils en feront ce qu'ils veulent ! Les tables ont été disséminées dans le parc tout illuminé de flambeaux. On a parié sur le beau temps et il est là. Les étoiles aussi, même si ce sont surtout les lumières de la fête qui scintillent dans la nuit.

Louise s'est installée loin de tout. Elle a bien tenté d'investir une place auprès de Natalie et Dominique, mais il y a tellement de monde qu'elle ne connaît pas qu'elle a préféré s'isoler. Et puis, cela lui rappelle un autre mariage, celui de Natalie avec ce Benjamin, mariage en Guadeloupe aussi et cela l'avait désespérée. Elle avait imaginé bien autre chose pour sa fille. Une cérémonie plus intime dans la petite église de son village. Quelque chose de moins — coloré —, moins joyeux peut-être, plus solennel ; car, pour elle, un mariage se doit d'être solennel. Ce n'est pas rien. Elle se souvient quand elle a épousé son Michel, ce petit ingénieur éteint et chétif mais qu'elle a pu mener comme elle l'entendait. Bien sûr, elle l'aimait mais il avait fait d'elle sa déesse et se donnait corps et âme pour qu'elle ait l'indispensable et le superflu. Un mariage réussi, celui-là.

Le mariage de sa fille a échoué lamentablement. Elle ne souhaite pas le malheur de sa petite- fille, non ! Elle a appris à l'aimer et s'est habituée à sa peau dorée. On dit que le métissage est l'avenir des peuples. Elle n'en est pas persuadée mais voilà, il faut s'y faire. A l'époque, elle s'était demandé de quelle couleur seraient les enfants. Non qu'elle soit raciste, non, bien entendu, mais quand même, ces gens ne sont pas comme nous ! Il n'y a qu'à voir leurs tenues : des rubans, des tralalas, des couleurs criardes ! Et leur comportement excessif. On embrasse tout le monde, on rit, on se tape dans le dos, on hurle et on se tutoie. Elle, la fille du Nord, ne supporte pas ces démonstrations outrées. D'ailleurs, quand Lola et Dimitri s'enlacent en public, quand la jeune femme se colle littéralement à son compagnon, elle détourne le regard. Ça la choque. Un peu de tenue, quand même ! On ne se donne pas ainsi en spectacle ! Mais c'est peut-être l'époque qui veut ça ?

Louise avait fini par accepter Ben. Mais Natalie avait changé ; elle était plus extravertie, comme si elle avait été contaminée par l'excentricité de ces gens. Elle semblait plus libre, comme gagnée par une aisance nouvelle. Quand ils s'étaient séparés, Louise avait cru que sa fille redeviendrait la jeune fille réservée qu'elle avait élevée dans l'amour de la religion et de la discrétion. En vain ! Il n'y a qu'à voir la combinaison dont elle s'est affublée ce soir ! Grège en soie sauvage avec un décolleté vertigineux qui expose son dos aux yeux de tous. Pour la mère d'une mariée, c'est osé et presqu'indécent. Si Louise l'avait vu avant, elle lui aurait dit sa façon de penser. Quant à la sœur de Ben, cette Jasmine, elle est habillée d'une drôle de façon ! A son âge, porter une robe à fanfreluches ! Et elle n'a pas changé ! Toujours à rire de ce gros rire gras. Et ses enfants, ils ont l'air bizarre sauf peut-être cette petite toute menue qui doit sûrement être anorexique ! Une famille de fous !

Ben, lui, est toujours bel homme, elle le reconnait mais il n'a pas été un bon mari pour Natalie ! Et puis, il est d'ici et c'est bien loin de nous, ici.

Il s'est approché de Louise, non par goût, plus par bonté d'âme. Il sait tout ce qu'elle pense en ce moment. Il la connaît bien. Et elle est tellement transparente dans sa noirceur. Mais voilà, ce soir, il la veut heureuse. Il ressent presque de la pitié pour cette pauvre femme isolée de tous. Elle doit angoisser, se dire que l'histoire se répète et qu'une fois encore, elle n'y peut rien. A moins qu'elle ne fourbisse d'autres armes ? Sait-on jamais avec Louise ! Elle leur a fait tant de mal : des mensonges, des humiliations en public, des menaces déguisées, tout un arsenal de méchancetés destinées à faire échouer leur mariage. Ils avaient tenu malgré cela et s'ils s'étaient séparés, c'était d'un commun accord, parce que leurs chemins divergeaient. Et il y avait eu Marc.

—Venez vous joindre à nous, Louise. Lola serait tellement heureuse de vous voir sourire.

Il lui donne son bras, la conduit comme une reine. Cela semble la détendre un peu. Il l'emmène à leur table. Elle y a sa place : son nom apparaît sur un petit carton brillant en forme de cœur. Elle s'installe, tente d'ébaucher un sourire de circonstance mais reste fermée comme une huître.

—Allons, maman, profite de cet instant magique ! Ils sont rares les bons moments ! Ta petite-fille est heureuse et elle épouse un beau jeune homme ! Il doit te plaire celui-là !

Silence à la table. Ben jette un regard furieux à Natalie. Lui qui recherchait l'harmonie pour ce soir, voilà qu'elle met à bas tous ses efforts. Natalie se lève, prend Ben par la main et l'entraîne vers un groupe d'amis. Dominique et Louise se regardent ; elles semblent gênées mais la première est une femme habile.

—Quel beau pays ! Je suis heureuse que nous soyons tous réunis !

Pas de réaction.

—Comme ils sont amoureux !

Louise regarde alors les mariés.

—Oui, ils ont l'air amoureux, mais pour combien de temps ?

—Ne vous inquiétez pas pour eux. Chacun fait sa vie, avec son histoire et sa personnalité. Elle est magnifique cette petite et si agréable !

Louise se détend sous le regard bienveillant de Dominique. Celle-ci au moins, est bien habillée. Un fourreau imprimé dans les tons de mandarine et un boléro en dentelle assorti.

—J'aime beaucoup votre ensemble.

—Oh, il est assez classique. Mais l'essentiel, c'est que j'y sois bien. Natalie est superbe ce soir. Elle peut tout se permettre.

—Peut-être mais je trouve que c'est un peu dénudé, dirons-nous.

—Non, ça lui va bien et puis il fait chaud ! Vous savez que j'ai vécu ici, il y a longtemps ? C'est ici qu'ils se sont connus.

—Je n'en savais rien.

Louise comprend qu'elle ne se fera pas une alliée en la personne de Dominique. Elle en prend son parti et attend son heure.

# Chapitre 7.

Il est vingt-trois heures. Le mariage n'est-il pas l'apogée d'un amour, se dit Natalie en pensant à Ben. L'apogée ne dure pas, c'est dans son essence même. Notre mariage a coulé. Pourquoi ? Des routes qui divergent ; des envies qui changent ; des gestes et postures qu'on aimait bien et qui deviennent détestables, parfois insupportables. N'est-ce pas étrange ? On brûle ce qu'on a adoré. On voudrait quelque chose de nouveau, de plus amusant, de plus grisant. Et le temps passe, vite, avec son lot de blessures et de victoires. La vie nous entraîne sans qu'on maîtrise grand-chose. Heureux ceux qui se tiennent résolument à leurs décisions, qui parviennent à suivre la voie qu'ils s'étaient tracée. Moi, pense-t-elle, j'aime les chemins de traverse, ceux qui hantent les bois noirs, frisant le danger, ceux qu'on emprunte, le cœur vibrant d'une bienheureuse crainte, ceux dont on sait qu'ils côtoient précipices et murailles. Mais comme on jouit d'être passé si près !

Ce soir, chacun a trouvé sa place et il semble même que Louise s'amuse. Elle danse dans les bras d'un petit homme qui la serre contre lui et elle sourit. Dominique virevolte à droite, à gauche, s'assurant que tout va bien. Natalie la rejoint. Elles s'apprécient beaucoup ; elles se sont découvertes, il y a bien longtemps. Dominique évoque souvent cette rencontre : un pique-nique sur la plage, un lundi de Pâques. Calalou et matété [7] avaient réuni diverses familles de voisins et l'on s'amusait ensemble dans une ambiance festive. Natalie, Ben et Lola étaient arrivés les bras chargés d'un énorme gâteau fouetté, enrobé de dentelle de sucre glace. On le mangerait avec le chodo[8] un peu plus tard, comme il était de tradition. Dominique s'était étonnée de voir que Natalie en possédait la recette et en avait déduit que son mariage avec Ben était un métissage de cultures réussi. Elles avaient tout de suite sympathisé, mais Dominique repartait dans l'hexagone. Elles s'étaient revues beaucoup plus tard, en France, à un mariage d'amis communs. C'est à cette occasion que

---

[7] Plat à base de riz et de crabe
[8] Sorte de crème anglaise chaude et aromatisée qu'on sert avec le gâteau fouetté

leurs enfants avaient renoué la relation qui débouchait sur cette magnifique fête. La meilleure chose qu'il pouvait arriver à Lola, après ses quelques années d'errance, avait pensé Natalie. Dominique, elle, se réjouissait d'avoir une belle-fille capable de redonner le sourire à son fils, non que celui-ci soit un bonnet de nuit dépressif et mollasson mais il avait suivi un cursus rectiligne et sans fantaisie. Lola lui apportait la touche d'originalité qui lui manquait, lui donnant à voir le monde au travers du kaléidoscope de sa propre perception : un monde en couleurs où l'imprévu, le surprenant, loin de déstabiliser, rendaient l'existence passionnante. Elle l'emmenait ainsi vers un ailleurs moins sombre, plus humain peut-être, parce qu'il était éclairé d'une autre lumière. Dimitri avait accepté cette promenade à deux, sans trop savoir où ils allaient mais avec Lola, on ne craignait rien, pensait-elle.

Le repas se termine peu à peu : un somptueux buffet. Les accras de pisquettes [9] et de malangas[10], les pâtés au crabe et au lambi ont

---

[9] Petits poissons
[10] Racines

d'abord côtoyé le boudin créole. Puis les tables se sont colorées de giraumon et concombres râpés avec la chiktail[11] de morue, de salade de poisson-coffre et émincé de poulet fumé sans parler des médaillons de langouste sur lit de sucrines. Un assortiment de saveurs fraîches, douces ou amères et pimentées ! Une variété de plats chauds a succédé : poisson grillé servi avec des gratins d'igname et de bananes jaunes, porc roussi, riz cantonnais et ouassous à la nage, sans parler du colombo de cabri pour les inconditionnels. Les employés de Ben ont bien travaillé.

Repus, abreuvés de bons vins, les convives se sont égaillés alentour. Quelques invités ont investi les transats disposés autour de la piscine, d'autres discutent à table. La piste de danse ne désemplit pas : du reggae succède au RnB. Quelques morceaux de zouk s'enchaînent avec des airs de rock. La fête bat son plein. Les enfants se sont emparés de ballons qui claquent sous leurs mains endiablées.

Le gâteau va arriver. Il faut sonner le rappel.

---

[11] Émincé

Natalie cherche des yeux les mariés. Dimitri discute avec Ben. Ils ont l'air absorbés dans une conversation sérieuse. Ben a posé son bras autour des épaules de son gendre et le regarde avec tendresse. Ces deux-là vont faire un sacré duo, pense Natalie. Jonathan, lui, sort de la maison et porte la pièce montée avec les pâtissiers. Il est radieux ; il a l'art de partager sa bonne humeur, se dit sa mère ; elle ne s'inquiète pas pour lui, même si parfois, elle le trouve bien mystérieux. Mais c'est un optimiste. Elle regrette seulement que Louise ne soit pas plus gentille avec lui. Il y a entre eux une relation bizarre, peu chaleureuse, comme s'ils partageaient un secret inavouable.

En revanche, elle ne voit pas Lola. Elle cherche sur la piste de danse, regarde au buffet. Pas de Lola. Elle a dû aller se rafraîchir aux toilettes.

Natalie se rapproche du DJ pour demander à tout le monde de se rassembler. Elle appelle aussi auprès d'elle les mariés, Dominique et Ben.

Chacun se place mais Lola n'est toujours pas là. Louise se lève et s'élance vers l'intérieur de l'hôtel. Peut-être Lola a-t-elle rejoint sa chambre un bref instant ?

Il y a alors un flottement, une forme d'attente anxieuse. Où est Lola ? Qu'est devenue la mariée ?

Dimitri est le premier à rompre le silence.

—Je vais aller voir dans la chambre.

—Il me semble que j'ai vu Louise y aller, répond Ben.

—J'y vais quand même.

—Moi je vais voir aux toilettes, dit Natalie.

Les uns comme les autres reviennent bredouilles. La tension monte. Le DJ refait un appel. Lola est introuvable.

Les recherches s'organisent sous la houlette de Ben : on se répartit les secteurs ; les uns dans l'hôtel, les autres dans le parc.

La nuit est belle, le ciel clair. Le parc est comme endormi sous les lueurs timides des lampadaires. Seules les voix s'élèvent, appelant Lola. Une sorte de plainte qui se répète et se charge petit à petit d'angoisse.

Ben est parti avec Dimitri dans une des allées. Ils se taisent mais on sent monter leur inquiétude. Leurs pas se pressent. La clairière soudain et les larges feuilles de siguine. Une fraîcheur bienfaisante. Un havre de paix. Ils sont arrivés au bassin.

Et là, telle une large fleur, une corolle de soie flotte sur la noirceur de l'eau. Lola. Elle paraît endormie, bras ouverts et jambes légèrement pliées. Ses cheveux sont défaits et le voile qui les coiffait a disparu.

Dimitri hurle puis saute dans l'eau avec Ben. Ils en sortent le corps alourdi par les pétales de soie écrue, l'allongent sur les bords, dans les anthuriums rouges et tentent de le ranimer. Les invités ont entendu les cris. Ils accourent maintenant et entourent les deux hommes. L'un appelle le Samu. Natalie s'effondre dans les bras de Dominique tandis que Louise s'exclame :

—Je l'avais bien dit, non ?

# Partie II

# Chapitre 1.

*— Sur l'onde calme et noire où dorment les étoiles,*
*La blanche Ophélia flotte comme un grand lys,*
*Flotte très lentement, couchée en ses longs voiles… —*

Les vers de Rimbaud viennent à l'esprit de Tania Radinski quand elle découvre la scène : une jeune femme est étendue dans un écrin de verdure. L'un de ses bras est replié sur sa poitrine, l'autre tendu à son côté. Les anthuriums tachent son lit d'un beau rouge sang. Son visage serein baigne dans une douce lumière. A ses côtés gémit une forme sombre : le jeune marié. Déjà veuf, pense Radinski. Si la douleur n'était pas si prégnante dans cette scène, elle en apprécierait l'esthétique qui lui rappelle aussi un célèbre tableau.

Suicide ? Meurtre ? Accident ?

C'est ce qu'il faudra découvrir. En attendant, il faut détacher le mari de son épouse, le rassurer, lui dire qu'on saura bientôt ce qui s'est passé, lui laisser le temps de reprendre ses esprits mais aussi l'interroger rapidement.

On prend quelques photos puis on enlève délicatement le corps qui laisse au creux des fleurs une tragique marque. L'inspectrice Radinski rassemble tout le monde dans le restaurant. La fête est terminée. Chacun s'interroge en silence ; certains ont déjà la clé du mystère. Ils ont vu, ont appris, savent, se demandent si... inévitables experts en science policière !

Autour du bassin, s'active la police scientifique. On relève chaque trace de pas, chaque brindille cassée ; on fait au mieux sous un spot puissant qui éclaire la scène d'un éclat brutal. Plus tard, au lever du jour, on draguera le bassin. En attendant, deux policiers se relaieront pour surveiller les lieux.

Tania Radinski, la mine sombre, tente de soustraire le marié à sa douleur. Douceur, diplomatie mais aussi fermeté lui permettent d'y parvenir. Elle s'est installée dans un salon privé au décor chaleureux : confortables fauteuils aux tissus chamarrés, lumière douce invitant à la confidence, pense-t-elle. Le lieu idéal pour attirer les mots, ceux qui restent bloqués dans la gorge par l'impensable nouvelle mais qu'il faudra malgré tout exprimer. Comprendre les circonstances de ce tragique événement, c'est un pas vers la vérité. Radinski sait combien il est difficile d'intervenir auprès des proches tout à leur chagrin, mais elle sait aussi combien sont nécessaires à l'enquête les premiers témoignages. Il est tard, bien sûr, près d'une heure du matin.

Dimitri est assis face à elle, raide et digne. Elle sent tout le poids de la douleur dans le regard trouble du jeune homme. Elle le sent prêt à s'épancher, comme si la parole pouvait mettre au second plan les faits, les faire disparaître.

— Je m'excuse de vous presser ainsi mais nous devons agir vite si nous voulons comprendre ce qui s'est passé, dit-elle

—Ne vous excusez pas. Vous ne faites que votre travail et je suis prêt.

—Que pouvez-vous me dire ? Quand avez-vous vu votre épouse pour la dernière fois ?

Dimitri ouvre de grands yeux. Son épouse, c'est Lola, il ne la voyait pas encore comme ça. Il n'y est pas habitué, bien sûr !

—Lola allait de table en table, glissant sûrement, comme à l'accoutumée, un mot gentil à chacun. Moi je discutais avec Ben. Nous comptions aller à la pêche dans quelques jours et décidions de l'endroit. Lola aimait la pêche aussi. Oh, mon Dieu, je n'en reviens pas ! J'emploie déjà le passé, comme si…

Dimitri s'arrête, baisse la tête, renifle puis se reprend.

—Je ne voyais pas Lola mais je ne m'inquiétais pas pour elle. Je la savais là et puis, nous nous serions retrouvés pour le gâteau !

—Lola était heureuse ?

—Vous en doutez ? On se mariait ! On avait tellement attendu ! Revenir chez nous, enfin et, entourés de nos amis et de notre famille réunis, fêter cet instant ! Lola et moi, on s'aime depuis qu'on se connaît.

—A votre avis, que faisait Lola au bord du bassin ? ça ne vous étonne pas ?

—Je ne sais pas. Mais, vous savez, elle est un peu imprévisible ; elle fait toujours les choses sans prévenir, comme sur des coups de tête, des coups de cœur, voilà.

—Peut-être. Nous aurons plus d'éléments plus tard. Cette nuit, il faut laisser passer l'émotion. Je vais vous laisser vous reposer. Nous nous verrons demain, si vous le voulez bien. Si vous pouvez passer au commissariat, nous reparlerons de tout cela.

Radinski se lève. Elle sent une main saisir son bras : une femme entre deux âges, vêtue de façon très classique.

—Je suis Louise Delard, la grand-mère de Lola. Je veux vous parler.

—Venez vous asseoir ici.

Radinski se rassoit ; Louise s'installe en face d'elle. Une table de bois sombre les sépare.

—Je vous écoute, madame Delard.

—Je suis la grand-mère de Lola et j'ai bien vu que ma petite fille était troublée.

—Troublée ? Comment troublée ?

—Elle est passée à ma table et elle avait les yeux rouges, comme si elle avait pleuré. Je l'ai regardée, lui ai demandé ce qui n'allait pas ; elle ne m'a pas répondu et s'est assise à la table voisine.

—La chaleur, les émotions, non ? Rétorque Radinski.

—Non ! Vous pensez si je connais ma petite-fille, quand même, réplique Louise d'un ton presqu'agressif. Non, je vous dis qu'elle n'allait pas bien ! D'ailleurs son mari aurait dû être avec elle ! Eh bien non, il discutait avec mon ex-gendre ! Et j'ai bien entendu ce qu'il vous a dit ! De quoi discutaient-ils ? De pêche ! Un jour de mariage !

—Et ?

—C'est tout. Mais vous savez, cette famille-là, je ne la sens pas. Quand ma fille a épousé mon ex-gendre, j'avoue que cela m'a bien ennuyé. On n'épouse pas en dehors des siens, vous savez.

—En dehors des siens ? Que voulez-vous dire ?

—Vous voyez bien, non ? Et puis toutes ces familles recomposées, ce n'est pas très sain ! Enfin, Natalie a toujours fait ce qu'elle a voulu. Deux maris, deux enfants. Si seulement ça avait été Jonathan !

Et Louise se lève d'un coup et sort de la pièce, sans que Radinski puisse réagir.

L'inspectrice cherche des yeux les autres policiers. Ils semblent avoir fini les premiers interrogatoires. Elle les rassemble. On fera un point demain matin au poste. Et on interrogera la famille proche à ce moment. Mieux vaut les laisser se remettre de leurs premières émotions.

# Chapitre 2.

Le lendemain, l'inspectrice Radinski arrive tôt au commissariat de Pointe à Pitre. Elle aime entrer dans ces locaux quand ils sont encore calmes. Elle peut ainsi profiter du relatif silence et élaborer les scénarii possibles des affaires dont elle a la charge. Levée à cinq heures, elle se ménage d'abord un moment de yoga, pieds nus dans l'herbe mouillée par le surin. Le jour n'est parfois qu'une lueur dorée au travers les arbres. En décembre, il se laisse désirer et la nuit noire offre un autre cadre, plus doux, moins réel. Ce matin-là, elle a pu assister au lever du soleil, un halo couleur paille qui bientôt s'est épanoui en dégradés de jaunes et de roses. Le ciel est devenu la toile de fond des silhouettes sombres des avocatiers et cocotiers. Elle aime ce moment où elle se sent seule au monde devant ce majestueux spectacle. Elle a préféré habiter à la campagne. Les voisins l'ont accueillie à bras ouverts. Elle aime leurs échanges sans chichi, leurs conseils avisés et ces rencontres autour d'un colombo ou d'un ragoût de bœuf. Et puis, cela lui permet de se ressourcer, de prendre des forces pour affronter son dur métier.

Elle monte dans sa voiture et prend la route des Grands Fonds, passant d'un morne à l'autre sur la ligne de crêtes. Un clin d'œil au panorama changeant : la mer en contrebas qui s'anime d'écume, la campagne qui s'éveille et la montagne violine qui dresse au loin ses cimes arrondies. La joie d'être dans ce pays superbe.

Le commissariat semble calme. Quelques personnes sortent un peu hagardes : ont-elles passé la nuit au poste ?

Elle monte la volée de marches et pénètre dans le large hall, salue les quelques gardiens présents et rejoint son bureau. C'est une petite pièce étroite mais claire qu'elle a aménagée avec goût. Elle y passe suffisamment de temps ! Deux sulfures trônent sur une sommaire table de bois. Au mur, une carte de la Guadeloupe et un paysage qui pourrait aussi bien être le Puy de Dôme que la Soufrière. Il y a ainsi des rapprochements inédits.

En bas, les premières personnes arrivent. Depuis qu'on a mis une borne de signalement des violences conjugales, le commissariat ne désemplit pas. Les femmes auraient-elles compris qu'elles ne sont pas coupables ? Radinski ne s'occupe pas de ces dossiers qui sont traités par des policiers formés à l'écoute bienveillante. Ils connaissent l'état d'esprit des victimes, la honte, la peur de tout perdre et s'attachent à libérer la parole de celles qui sont déjà bien abîmées par la vie. Puis ils tentent de convaincre que ça ne peut plus durer, parviennent à convaincre, ou pas !

Un appel. C'est le commissaire Leborgne, son supérieur. Il assistera à la réunion d'équipe.

C'est bientôt l'heure. Radinski entre dans la salle de réunion. Les mines sont fatiguées, la nuit a été courte. Le commissaire arrive et s'assied auprès de l'inspectrice.

—Bien, dit-elle. On fait un point sur l'affaire de cette nuit. On a une jeune mariée qui disparaît et qu'on retrouve noyée dans un bassin du parc de l'hôtel. Quelques interrogatoires ont été menés. On va échanger les infos. La scientifique et le légiste doivent nous donner leur rapport en fin de matinée.

—Je ne vous cache pas que l'affaire est sensible. Benjamin Montlouis est un homme respecté et reconnu, intervient le commissaire.

—On fera attention. Que savons-nous ? Que nous ont appris les convives ? Bouleau, vous avez la parole.

Bouleau se lève. Chacun voit toujours avec le même étonnement sa grande carcasse se dérouler pour se dresser en un i parfait. C'est un bel homme d'un noir presque bleuté qui aime son boulot. Chacun sait aussi qu'il est totalement fou de sa petite épouse, une minuscule épouse, avec qui il a eu quatre enfants. Joyeux, alerte, observateur averti de son pays, c'est un des piliers de l'équipe.

—Nous avons interrogé l'ensemble des invités. Peu de personnes ont vu quelque chose. En résumé, la fête était somptueuse et les mariés magnifiques. Restent quelques-uns à interroger davantage : le marié, la photographe qui doit nous donner toutes ses photos, un dénommé Loïc Louvois, ex-petit ami de la mariée, les témoins qui semblaient abasourdis, c'est-à-dire Clara Montout, meilleure amie de la mariée et Mickaël Louison, cousin du marié et enfin Jonathan, le frère de la mariée. Certaines de ces personnes ont été convoquées ce matin. La mère du marié, Dominique Debancourt se présentera cet après-midi. Voilà pour les invités.

—Yohan, pour le personnel du restaurant ?

Se lève alors un petit homme au crâne rasé, élégamment vêtu d'un costume trois pièces. Il semble ne pas avoir dormi tant son visage fripé contraste avec son vêtement impeccable.

—Hum, le personnel. L'organisatrice, une certaine madame Virassamy dont chacun d'entre nous a entendu parler, on y reviendra, l'organisatrice donc, n'a strictement rien vu, hormis l'absence de la mariée lors de la présentation du gâteau. Elle dit avoir été débordée toute la soirée. Tout se passait au mieux, comme elle l'avait prévu : les tables bien mises, les invités ravis, l'ambiance excellente. Une vraie pro, un peu olé-olé mais on connaît sa réputation ! Le traiteur avait le nez dans ses plats et est resté en cuisine. En revanche, les serveurs ont remarqué certains points intéressants sur les allées et venues des protagonistes. Rien ne vaut l'œil aiguisé d'un serveur dans une soirée et sur une scène de crime. Ce sont nos alliés !

De l'assemblée montent quelques soupirs agacés ;

—Allez, accouche !

—Oui, j'y viens. Donc, les serveurs ; L'un d'eux, Didier Lipau, a assisté bien malgré lui, dit-il, à une dispute d'amoureux. Qui ? Je vous le donne en mille ! Alors ? Vous ne trouvez pas ? Les mariés. Il semble que la jeune mariée si jolie, dit-il, ait dansé avec un homme autre que son mari ! Et un peu collé-serré, si vous voyez ce que je veux dire. Choqué, le serveur et pourtant, il ne semble pas être quelqu'un qui peut l'être, étant donné que...

—Bon, allons, on y va ou pas, mon petit Yohan.

—C'est vrai, ça, on n'a pas que ça à faire, non !

—J'y arrive, j'y arrive ! Donc, ma dispute des mariés. Le marié prend la mariée par la main, un peu brutalement, dit notre ami ; elle lui fait face, le frappe au bras et s'en va vers le parc. Le marié la suit. Il a l'air vraiment en colère. Un jaloux, sûrement. Fin de l'histoire en ce qui concerne monsieur Lipau. Ce qui s'est passé ensuite, on n'en sait rien pour le moment. Quelqu'un d'autre s'est fait remarquer par un autre serveur, Louis Gaya : un couple plutôt qui s'est invité à la fête sans y être convié et qui, après qu'on s'en est aperçu, a été prié de partir. Il s'agit d'un homme au fort accent étranger, très brun, genre grec ou turc, dit Gaya, et de sa compagne, une dame d'ailleurs vêtue d'une robe écrue qui aurait pu faire concurrence à la mariée ; mais la mariée était plus jeune et plus jolie, dixit Gaya. Qui sont-ils ? Mystère. Ils sont repartis en taxi. Enfin, Gaya rapporte que le demi-frère de la mariée, Jonathan Vindex est apparu à la cuisine du restaurant tout essoufflé, s'est emparé du gâteau qu'il a porté avec deux serveurs. Drôle de comportement, non ? Voilà, j'ai fini.

–Autre chose ?

Une voix de stentor retentit :

—Oui, moi !

—Ah, Martol, oui ?

—J'ai interrogé la sœur de monsieur Montlouis. Une tête à claque, enfin... Oups, excusez-moi. Elle avait l'air de dire que la situation financière de son frère posait problème. Il lui aurait demandé de l'argent pour organiser le mariage ! Une fois qu'elle a eu dit ça, elle a ri puis a dit qu'elle plaisantait, que le mariage était magnifique et qu'elle aimerait bien que ses enfants aient le même. Bizarre, non ?

—Pourquoi est-ce vous qui l'avez interrogée ?

—Elle était dans un coin, sur un banc, un peu hagarde. Je me suis même demandé si elle n'était pas ivre ! Mais non, elle buvait de l'eau pétillante, m'a-t-elle affirmé.

—Parce que vous lui avez demandé si elle n'était pas ivre ?

—Pas vraiment, mais j'ai dû la regarder d'un genre.

—Le regard martolien qui tue, dit une voix ironique.

Rires de l'assemblée. Un temps.

—La situation n'est pas drôle, les gars, dit le commissaire. Tania ?

—En ce qui me concerne, j'ai interrogé le marié, totalement effondré. Ça n'a pas donné grand-chose. En revanche, la grand-mère Louise, elle, m'a appris un certain nombre d'informations sur la famille. Pas sympathique la dame, raciste, imbue d'elle-même.

Tania rapporta la conversation qu'elle avait eue, les histoires de famille recomposées, les yeux rouges de la mariée qui pouvaient corroborer la dispute, le peu de soutien de cette femme aigrie pour sa fille et sa petite fille et surtout la phrase finale : si seulement ça avait été Jonathan !

—Vous lui avez demandé pourquoi elle disait ça ?

—Pas eu le temps : la dame s'est levée brusquement et s'est volatilisée ! A croire qu'elle voulait faire son effet !

—On va étudier tout cela, au vu des interrogatoires d'aujourd'hui. Il y a quelques pistes à confirmer, peut-être.

—Bien. Si vous avez fini vos comptes-rendus, il reste encore beaucoup à faire. Tania, passez me voir après. Mettez la pression sur le légiste et nos experts !

Le commissaire sort. Tania Radinski reprend la parole. Et quand elle parle, la rousse et belle Radinski, tout le monde se tait. On a appris à la comprendre, à aimer sa façon un peu brutale d'agir, son franc parler mais aussi son professionnalisme. Alors, elle est le chef, la cheffe et chaque membre de l'équipe la respecte. Éric Martol l'adore, Yohan Free la révère, et Jean Bouleau ne parvient pas à la contredire. Quant à la deuxième femme de l'équipe, Myriam Grippon, une petite bonne femme de cinquante ans, elle sait oublier ses manières affectées et son goût pour les futilités au contact de Radinski.

—On se répartit les tâches : Martol, tu cherches ton grec ou turc. Myriam, tu vas avec lui et vous les ramenez. Yohan, avec moi. On va faire les interrogatoires du matin. On a convoqué qui ? Jean, tu feras l'interrogatoire de madame Debancourt avec Yohan cet après-midi. Ce matin, essaie de voir si tu peux écrire un premier rapport.

# Chapitre 3.

Tania Radinski revient dans son bureau avec Free. Ils vont recevoir le marié, le père et la mère de la mariée, le fameux Loïc Louvois aussi.

Elle laisse Free étudier les dossiers et se rend dans le bureau du commissaire. C'est une large pièce très éclairée, presque nue, hormis un grand bureau marqueté, un meuble ancien. Le commissaire se lève pour accueillir Radinski et lui propose un café.

—Merci, commissaire mais je ne préfère pas !

—Stressée, Radinski ?

—Non, mais le café m'empêche de dormir et comme je ne dors déjà pas beaucoup…

—Vous devriez. Enfin. Bon. Radinski, nous marchons sur des œufs dans cette affaire. Monsieur le préfet m'a recommandé d'être attentif à tout. Soyons attentifs à tout !

—Monsieur Montlouis est donc tellement en vue ?

—Entre nous, Tania, les élections régionales arrivent à grands pas. Vous voyez ce que je veux dire, non ?

—Hum. A peu près.

—Je ne peux pas vous en dire plus. Vous apprendrez à connaître ce pays. Pas simple, vraiment ! Des conflits qui frémissent en sous-sol, comme la lave de notre volcan et soudain, la crise, la flambée de colère et de désillusion. Et c'est alors à nous de gérer l'incurie de nos politiciens, les directives de l'Etat qui, à mon sens, a bien du mal à comprendre l'esprit, l'essence même de la Guadeloupe et renvoie tout le monde dos à dos. Peut-être n'a-t-il pas tort ? Nous avons les hommes politiques que choisissent trente pour cent de nos concitoyens. Les autres n'ont plus confiance ou se désintéressent de la chose. Cela leur permet de crier au loup et d'allumer les brasiers tous les dix ans. Bien sûr qu'il y a des problèmes sociaux et économiques. Bien sûr que certains Guadeloupéens ont des ancêtres esclaves qu'ils ne peuvent ou ne veulent pas oublier. Mais enfin, qui forme le peuple guadeloupéen ? Sommes-nous tous descendants d'esclaves ? Qu'est-ce que le peuple français ? Est-il seulement caucasien ? On méconnaît l'histoire ! Je rêve d'un peuple qui se sentirait résolument métissé de toutes ses composantes. Le métissage, voilà, c'est l'avenir des peuples ! Mais je me laisse emporter. Un commissaire de l'Etat Français ne doit pas dire ça en public, n'est-ce-pas ! En attendant, nous avons à gérer une histoire sensible alors allez-y avec des pincettes, Radinski. Je compte sur vous. Vous êtes un bon flic ! Comment dit-on au féminin, fliquette ? — termine le commissaire avec un sourire en coin.

Radinski simule la colère puis a un petit rire en sortant rejoindre son bureau. Elle connaît son patron, sait combien il est généreux et parfois très iconoclaste. Une chance pour l'équipe ! Donc, il faut jouer serré, y aller — avec des pincettes — a dit le commissaire. Quelles pincettes prendre quand on a à résoudre une telle affaire ?

Dans le hall se tiennent les parents de Lola Montlouis, serrés l'un contre l'autre. Ils sont divorcés depuis longtemps, pense Radinski ! Mais, comme bien d'autres avant eux, ils se retrouvent autour de leur fille. Des parents, en somme, comme tous les parents, minés par le chagrin.

Radinski les salue et les informe qu'elle va les recevoir séparément. Natalie Vindex a un petit geste apeuré mais son ex-époux lui touche le bras. Tout ira bien. Il n'y a pas à s'inquiéter.

Yohan Free est déjà fin prêt dans la salle d'interrogatoire. L'inspectrice s'assied à ses côtés pour préparer l'entrevue. Les faits, rien que les faits et surtout l'écoute. Ces gens ont perdu leur fille. On doit d'abord faire un point sur qui ils sont puis sur leur relation entre eux et avec leur fille, ce qu'ils peuvent dire d'elle. Ensuite on aborde la journée d'hier.

Radinski fait entrer Nathalie Vindex. C'est une jolie femme d'allure sportive : carrure athlétique, cheveux courts, regard franc. Elle est vêtue simplement mais son port de tête signe son élégance. Elle s'installe face aux policiers et décline son identité à leur demande. Elle explique son enfance et son adolescence en Guadeloupe, la séparation d'avec Ben – elle lui a été infidèle, et en plus avec son meilleur ami avec qui elle est partie en Normandie avec Jonathan, le neveu de

Marc. Quand Radinski aborde le sujet de Lola, Natalie se fige, comme pour mieux gérer son émotion. Puis elle se reprend. Lola était une jeune femme très indépendante. Elle a rencontré Dimitri au collège, ici. Puis, quand Natalie est partie en Normandie, Lola a suivi, bien sûr, mais très affectée par la séparation de ses parents et celle d'avec Dimitri. Elle était restée deux jours enfermée dans sa chambre et seul Ben avait pu la raisonner. Ils se verraient souvent. Qu'étaient sept mille kilomètres aujourd'hui ? Rien. Mais cela a été beaucoup. Et après quelques années houleuses, Lola avait disparu, à dix-huit ans. Elle réapparut après quatre ans d'absence.

— Qu'a-t-elle fait durant ces années ? demanda Free. Vous le savez ?

—Oh, elle n'en a dit que des bribes, au fil des jours, des mois et même des années. Ce que je sais, c'est que cela n'a pas été facile. Il faut dire qu'une gamine de dix-huit ans, seule dans notre monde, ce n'est pas de tout repos. Ce que je sais, c'est ce que la police nous a dit et ce qu'elle a pu dévoiler, au hasard de nos conversations : un train pour Bordeaux où elle a travaillé dans un fastfood chinois. Elle a ensuite gagné l'Espagne pour travailler comme hôtesse sur des yachts de luxe. Qui sait ce qu'elle a vécu à bord ? Ces gens richissimes et leurs besoins particuliers, pour dire le moins. Je tremble encore de connaître la vérité. Mais peut-être vaut-il mieux que je ne la connaisse pas ! Puis elle est rentrée un jour à la maison sans rien dire et, grâce à son amie Clara, a trouvé une formation d'infirmière en alternance ; elle a brillamment réussi. Aujourd'hui, elle travaille à l'hôpital de…

Natalie s'interrompt et fond en larmes.

—Non, je ne peux pas. Je ne peux pas dire — travaillait —. Ce n'est pas vrai ! Ce n'est pas la réalité.

Sur un geste de Radinski, Free se lève pour aller chercher un verre d'eau. L'inspectrice s'assied à côté de Natalie, lui prend la main qu'elle caresse longuement.

— Ça va aller. C'est insupportable de perdre son enfant !

Free revient, pose le verre et ressort.

—On arrête là, si vous voulez et on reprendra plus tard ?

—Non, allons-y. Vous voulez parler du mariage, n'est-ce pas ? Je n'ai pas grand-chose à dire.

—J'ai quelques questions. Avez-vous remarqué quelqu'un qui avait un comportement particulier par rapport à votre fille ? Un événement aussi ?

—Sincèrement, c'était le mariage de Lola. J'étais submergée par l'émotion mais aussi très occupée par la réception. Nous avions confié l'organisation à madame Virassamy et comme je ne l'avais eue qu'au téléphone ou en visio, j'étais soucieuse. Jonathan nous avait recommandé la mère d'un copain pour prendre les photos, mais je ne l'avais pas vue non plus. Ben a bien assuré d'ailleurs en faisant un relais parfait. Je n'ai pas eu l'occasion d'observer quoi que ce soit. J'ai appris par mon fils que, dans la soirée, un couple s'était invité et avait été — reconduit — mais je n'ai rien vu. Des gens qui avaient dû se tromper de soirée ; il y avait un spectacle organisé par l'hôtel, avec un magicien ou quelque chose comme ça.

—Vous n'avez pas eu vent de la dispute entre Lola et son mari ?

—Comment, ils se sont disputés ?

—Il paraît, oui.

—Une dispute d'amoureux sûrement. Lola est toujours un peu provocatrice et Dimitri est si conventionnel !

—Vous pensez que Lola l'a provoqué ? De quelle façon ?

—Je n'en sais rien. En ne restant pas auprès de lui, par exemple ou en dansant avec un autre.

—Vous l'avez vue danser avec un autre ?

—La connaissant, elle a dû danser avec bien des hommes. Elle est si sociable, elle aime faire plaisir aussi.

—Donc, vous ne savez rien au sujet de leur dispute ?

—Non, vraiment. Vous me l'apprenez.

—D'accord. Passons à autre chose. Vous avez évoqué votre fils Jonathan. Quelles étaient ses relations avec sa sœur, sa demi-sœur ?

—On peut dire sa sœur. Ils s'adoraient, en dépit de leur différence d'âge. Bien sûr, ils n'avaient ni les mêmes amis, ni les mêmes activités, mais ils aimaient se retrouver ensemble. Nous avons accueilli Jonathan au sein de notre famille, il venait de perdre sa mère, la sœur de Marc qui l'élevait seule. Ma mère le traite comme un enfant, insouciant, voire irresponsable, dit-elle. Elle pense qu'il joue au poker, de l'argent.

—Vous a-t-elle expliqué ce qui lui fait dire cela ?

—Non, elle dit qu'elle a ses raisons, avec l'air soupçonneux et le ton désagréable qu'elle peut parfois prendre. Elle dit aussi que s'il continue, elle le déshéritera. Mais je ne pense pas qu'elle le fera ! Elle n'est pas aussi méchante qu'on le dit.

—Qui le dit ?

—Certains, comme Jonathan ; même Lola le pensait je crois mais elle préférait ne rien dire. Vous savez, mon père était un homme brutal et borné. Alors ma mère a fait ce qu'elle pouvait. Mais je crois qu'elle n'était pas faite pour être mère.

—Pourquoi dites-vous cela ?

—Sa rudesse, son impatience devant nos jeux, son jugement face à nos vies.

—Quelle relation avait-elle avec Lola ?

—Vous savez. J'ai eu une enfance plutôt heureuse même si ma mère n'était pas très démonstrative. Et son mari non plus. Mais j'aurais pu tomber plus mal, non ? Et puis on ne choisit pas sa famille ! —

Silence. L'inspectrice sent une forme de regret, voire de rancœur. Natalie a baissé la tête et joue avec son bracelet, un simple jonc en or.

— Et avec Lola ?

—Lola avait appris à l'apprécier et ma mère admirait son courage. Lola revenait de loin et elle se battait pour construire sa vie, toutes choses que ma mère n'a jamais faites, je crois.

—Je voudrais en revenir au mariage. Comment était votre fille ?

—Heureuse. Tout au moins, elle en avait l'air et je la connais tellement bien que je ne pense pas me tromper. C'est tellement affreux, n'est-ce pas ? Terrible ! je me souviens de notre mariage avec Ben. Oh Non !

—Nous allons arrêter là. Nous vous tiendrons informée. Merci madame. Venez, je vous reconduis. —

# Chapitre 4.

L'inspectrice Radinski accompagne madame Vindex dans le salon voisin afin qu'elle attende confortablement son ex-conjoint puis se dirige vers Ben Montlouis.

— Monsieur Montlouis, venez, je vous en prie. —

Ben Montlouis est un bel homme qui paraît prendre soin de lui. Une haute stature, aucun embonpoint perceptible, une tenue sobre mais élégante. Radinski se dit qu'ils formaient un très beau couple, son ex-épouse et lui.

— Monsieur Montlouis, nous n'allons pas vous ennuyer longtemps. Nous savons combien ces instants sont douloureux pour des parents et de combien d'énergie vous devez disposer pour gérer la situation. Voilà. Avec vous, nous voulons tenter d'approcher la personnalité de votre fille.

—Lola, mon Dieu, Lola. Une fille bien complexe et elle me manque tellement, cette complexité que Natalie et moi avons dû affronter à de nombreuses reprises. Une enfance heureuse, entourée de cousins, de copains, de ma grande famille un peu envahissante ! Natalie et moi, on s'adorait, depuis le lycée. On était heureux ensemble, on avait les mêmes goûts mais au fil du temps et de mes engagements professionnels et politiques, je n'ai pas compris que mon temps devait être partagé. Et Natalie s'est tournée vers Marc, mon meilleur ami ! J'ai vécu cela comme une trahison – c'en était une, bien sûr - mais je l'avais méritée. Ce sont des choses qui arrivent quand on délaisse les siens. Natalie avait besoin d'un compagnon et je n'en étais plus un au bout de douze ans de mariage. Et nous nous sommes séparés. Marc a emmené Natalie, Lola et le petit Jonathan. Fin de l'histoire d'amour. Mais j'ai toujours pu voir ma fille. J'allais la chercher quand elle était petite et plus tard, elle est venue toute seule me rejoindre pendant les vacances. Comme je les aimais, ces vacances. Je lui donnais de mon temps, à ma fille parce que j'avais compris la leçon, du moins, je le croyais.

—Qu'avez-vous pensé quand elle a disparu ?

—Je me suis d'abord dit qu'elle viendrait en Guadeloupe. C'est ici qu'elle est née. Elle aurait pu travailler avec moi au restaurant. Elle aime se retrouver au cœur de notre tribu. Elle adorait sa grand-mère, ma mère, une femme courageuse et rieuse qui subissait les humiliations de mon père. Alors, elle s'était fait un rempart de ses enfants, de ses sœurs également pour éviter au maximum tout contact avec lui. En fait, lui semblait s'en accommoder. Il faut dire que, comme bien des hommes de son époque, il avait d'autres ports d'attache, d'autres enfants, avec d'autres femmes qui pouvaient l'accueillir au gré de ses déplacements. Ils sont morts tous les deux, presqu'en même temps. Quand Lola a disparu, j'ai cru à son retour ici. Mais voilà, l'enquête de police a montré qu'elle était à Bordeaux. Silence radio ensuite mais Natalie a dû vous confier que Lola avait travaillé en Espagne. Dieu sait ce qu'elle a fait sur ces yachts de luxe, avec ces messieurs richissimes et exigeants. Je ne veux pas le savoir, bien sûr, et en même temps j'ai tendance à laisser courir mon imagination. Et puis, la voilà qui revient quatre ans après, qui s'empare de son destin et qui, après avoir retrouvé Dimitri, vient se marier auprès de moi. J'en étais si fier ! Avec ma fille, j'allais avoir un fils et bientôt des petits enfants ! On recréait une famille et j'en étais la souche. J'en avais toujours rêvé.

—Vous ne l'aviez pas vue depuis longtemps ?

—On se parlait grâce à internet ; on se voyait ; on riait ensemble, beaucoup. Et Natalie et moi avons pu finaliser le mariage grâce à cela. Mais je ne l'avais pas serrée dans mes bras depuis au moins deux ans. Quand cela a été le cas, quelle émotion, quelle sensation de plénitude ! —

Ben Montlouis regarde au loin, semble s'échapper de la salle comme pour replonger dans l'instant.

— Monsieur Montlouis, avez-vous remarqué quoi que ce soit d'inhabituel dans la journée d'hier ?

—Inhabituel ? Tout était inhabituel : ce mariage, les invités, l'ambiance, tout était extraordinaire, aux sens premier et second du terme, d'ailleurs. Je comprends ce que vous voulez dire. Non, j'étais très occupé, vous le pensez bien.

—Avez-vous vu ou entendu quoi que ce soit qui aurait pu vous faire penser à une dispute entre les mariés ? —

Montlouis prend son temps, paraît réfléchir. A-t-il entendu ou vu que Lola et Dimitri se disputaient ?

— Je n'en ai pas le souvenir. J'ai beaucoup discuté avec Dimitri et je pense que, pendant ce temps, Lola devait se consacrer à ses invités.

—Il me semble que vous avez hésité. Pourquoi ?

—Je voulais être sûr de ne pas me tromper.

—Pourquoi ? Vous vouliez vérifier quelque chose de vos souvenirs ? Un cri, une bousculade, un mot peut-être ? Ou quelqu'un vous l'aurait dit ?

—Non, il n'y a rien eu. Dimitri était plutôt joyeux et nous préparions une journée de pêche. Non vraiment, je n'ai rien vu.

—Vous voulez ajouter quelque chose ? Votre belle-mère semble vous être assez hostile. Vous voulez nous parler d'elle ?

—Louise est une emmerdeuse, si vous m'excusez du terme, mais je ne pense pas qu'il y ait d'autres mots plus convenables. Il y en aurait beaucoup de bien moins convenables ! Louise est venue ici avec son mari gendarme. Mission militaire. Natalie a passé une partie de son adolescence en Guadeloupe et c'est ainsi que je l'ai rencontrée. Puis nous nous sommes mariés. Et puis le gendarme devant rentrer, les parents de Natalie sont partis.

—Pourquoi employez-vous cette expression : — le gendarme — ?

—Un homme très obtus, raciste, hâbleur et stupide. Et Louise est pareille. Natalie et elle se sont fâchées à cause de notre mariage. Je n'étais pas de leur monde, paraît-il ! Un peu bronzé, sûrement ! Puis elles se sont revues en France et réconciliées à la mort de Marc qui n'avaient pas l'heur de leur plaire non plus ; il était encore plus noir que moi, alors ! Il y a une telle tension entre elles ! Elles s'observent, cherchant le moment opportun pour se blesser, mais tout en traîtrise, comme deux chats guettant leur proie. Drôle de relation pour une mère et sa fille, non ?

—Et par rapport à Lola ?

—Que voulez-vous dire ? Vous pensez que Louise aurait pu …

—Non, pas cela.

—Peut-être en est-elle capable en fait ? Je sais qu'elle était heureuse de voir que Dimitri était de son monde. Mais Lola est sa petite fille.

—Et Jonathan ?

—Jonathan, c'est un petit gars sympa, souriant, pas compliqué je crois. Enfin, je le connais mal ! Il est parfois venu avec Lola en vacances et tout s'est bien passé. Un adepte des jeux vidéo ! Avec Lola, ils s'entendent bien, mais leurs quinze ans d'écart les ont conduits à avoir des activités séparées.

—De la jalousie entre eux ?

—Je ne pense pas, quoique Louise ait tout fait pour.

—Ah ?

—Valoriser Lola parce qu'elle était courageuse de reprendre des études ; le critiquer lui pour son dilettantisme, son goût de l'aventure. C'est

Lola qui me l'a dit. Elle aimait beaucoup son frère et aurait voulu le protéger de la méchanceté de leur grand-mère.

— Votre sœur nous a dit que vous aviez quelques problèmes financiers.

—Elle a dit cela !

—Oui, à un de nos inspecteurs.

—Aucun. Jasmine n'a jamais compris la plaisanterie ! Nous parlions du mariage et je lui disais que ce n'était pas donné. Alors, je lui ai dit quelque chose comme — tu participes ? — et elle a pris cela au pied de la lettre. Elle n'est pas très futée, ma chère sœur.

—Autre chose ?

—Non. Je pense vous avoir fait le tableau de notre famille, une famille ordinaire, en fait !

—Merci à vous. Si quelque chose vous revenait, n'hésitez pas à me contacter.

Tania Radinski remet sa carte à Ben Montlouis puis le conduit au salon où l'attend Natalie Vindex.

Celle-ci lui tombe dans les bras en pleurant. Jonathan a disparu.

# Chapitre 5.

— On arrête tout ! On cherche Jonathan, décide le commissaire. Les films de vidéosurveillance de l'hôtel et du quartier, les taxis, les bus, les navettes. Au boulot ! —

Les équipes se déploient mais Radinski se dit qu'il aurait mieux valu poursuivre les interrogatoires ; cela aurait peut-être apporté quelques informations sur Jonathan, d'autant que Dimitri, qui devait être le suivant, connaît bien le jeune homme. Elle se dit aussi qu'il ne doit pas être bien loin. Elle fait part de ces remarques au commissaire. Elle va continuer les auditions.

Quand Dimitri Debancourt entre dans la salle, il semble totalement déconnecté du monde : un pas chancelant, un air hagard, une tenue débraillée et les yeux rougis, le regard comme vide.

— Venez, installez-vous là, lui dit Radinski en lui désignant le fauteuil que vient de quitter son beau-père. Un verre d'eau ?

—Vous me parlez ?

—Oui. Voulez-vous un verre d'eau ?

—Non, pas vraiment, plutôt un feu, enfin un sec !

L'homme paraît reprendre ses esprits.

—Excusez-moi. Hier j'ai été marié et veuf en même temps. Vous savez, ça fait tout drôle ! Mince, je n'en reviens pas ! Qui a pu faire ça ?

—Vous pensez que quelqu'un a tué votre épouse ?

— Ça m'en a tout l'air, non ?

Dimitri renifle, pose sa tête sur la table, disparaît...

—Monsieur, Qu'est-ce qui vous fait dire cela ?

—....

—Monsieur Debancourt, Monsieur Debancourt.

Radinski se lève, inquiète, touche le bras de l'homme qui ne réagit pas. Elle le secoue un peu. Il lève vers elle un pauvre regard, embué de larmes et laisse retomber sa tête.

Radinski comprend : Dimitri est ivre et elle va devoir interrompre son audition.

Radinski appelle le planton qui va chercher un café.

—Tenez, buvez.

—Je n'en veux pas de votre café ! Je veux Lola, ma femme, Lola, vous savez pas comme je l'aime, Lola ! Mon Dieu. Non, non, fait-il en tapant violemment sur la table.

—Venez, vous avez besoin de vous allonger. Ça va aller mieux dans quelques instants.

Dimitri se laisse guider jusqu'à la salle de dégrisement. On l'installe sur une couchette avec une couverture et un seau.

Radinski ressort, un peu furieuse. D'accord, il a perdu sa femme mais ce n'est pas une raison pour se mettre dans un tel état ! D'autres perdent un être cher et n'en arrivent pas à ces extrémités. Un peu de dignité quand même.

Tout à coup, elle réalise qu'elle est furieuse ! Et pourtant, elle sait bien que, face au malheur, les gens réagissent différemment : certains s'écroulent, d'autres crient, se battent, se mutilent ou se tuent alors que d'autres font face, comme portés par l'adversité qui semble les rendre plus forts.

Puis elle revient dans la salle d'interrogatoire et réfléchit : oui, chacun réagit comme il le peut. Voilà, c'est ce qu'il faut se dire.

Dans le couloir est assise une dame. Elle est très digne, droite dans un tailleur gris, les jambes croisées sur le côté.

—Madame, bonjour. Venez avec moi. Je suis l'inspectrice Radinski.

La dame lève les yeux, ébauche un léger sourire et serre la main de l'inspectrice.

—Dominique Debancourt. Je suis la mère de Dimitri, la belle-mère de cette pauvre petite Lola. J'ai préféré venir ce matin. Je tourne en rond, alors !

—Voulez-vous me suivre, Madame.

Les deux femmes entrent dans la petite salle. Radinski ferme la porte doucement et s'installe à côté de madame Debancourt.

—Voulez-vous que l'on commence ?

—Oui, bien sûr. J'ai juste une interrogation : avez-vous vu mon fils ce matin ? Je crains bien qu'il ne soit pas en état de répondre à vos questions !

—Je l'ai vu. Il se repose ; ne vous inquiétez pas.

Madame Debancourt semble soulagée.

—Vous vous êtes fait du souci pour lui, n'est-ce pas ?

—Oui. Je l'ai croisé deux fois ce matin et il tenait un verre à la main. Alors, je le soupçonne d'avoir tenté de noyer son chagrin ! Depuis quand l'alcool permet-il d'oublier qu'on a perdu ce à quoi on tenait le plus ? Enfin, je peux comprendre, malgré tout. Les hommes ont parfois bien du mal avec la douleur ! Vous devez vous en rendre compte tous les jours, non ?

—Comment définiriez-vous votre fils ?

—Un gentil garçon, un peu exclusif dans ses réactions.

—Vous l'avez déjà vu en colère ?

—Oui, surtout quand il était petit : des colères incontrôlables quand il n'arrivait pas à ses fins : construire un robot, attraper un crabe ou être le meilleur en classe. Mais en grandissant, il a appris à gérer ses émotions.

Radinski hoche la tête, sourit et reprend :

—Que pouvez-vous me dire sur Lola ?

—Lola, je la connais depuis qu'elle est adolescente. Elle était dans la même classe que Dimitri au collège et je crois qu'ils sortaient ensemble. Enfin, je sais qu'ils sortaient ensemble, en dépit de leur discrétion.

—C'est bizarre pour un ado de cacher qu'il a une petite amie ?

—Vous croyez ? Non. Ben protégeait beaucoup sa fille. Lola ne voulait pas qu'il le sache.

—Et sa mère ?

—Natalie ? Non, elle était au courant parce que je lui en avais parlé. Nous étions très amies à l'époque. Tout allait bien pour nous. Mon mari était encore de ce monde et travaillait à la fac ; nous étions heureux, je crois. Mais le bonheur ne dure jamais ! Juste après le départ de Natalie et Lola, mon mari est décédé. Dimitri a été anéanti par ce qu'il a appelé ces deux — trahisons —. Un père ne peut pas laisser son fils, comme ça. Qu'est-ce qu'il allait devenir sans son père ? Plus de pêche, plus de randonnées, plus de discussions entre hommes ! Il affronterait l'âge adulte seul. Son père ne connaîtrait pas ses petits-enfants. Ce n'était pas pensable ! Et elle, la belle Lola, elle le laissait là comme une vieille chaussette. Alors nous sommes repartis en France, auprès de ma famille et Dimitri a suivi une psychothérapie. Puis, au bout d'un an, il a repris des études et vécut sa vie de lycéen puis d'étudiant sans trop d'accrocs. Quand Lola est réapparue, ils se sont revus. Ils s'aimaient et c'est ce qui est le plus dur pour lui. Une deuxième défection de Lola. Un abandon de plus.

—Il pense qu'elle a été tuée.

—Comment tuée ? Assassinée ? Mais pourquoi ? Je ne peux pas comprendre ça ! Impossible ! Tout le monde l'aimait ! Une jeune femme enjouée, dynamique, belle comme un cœur !

—Vous croyez qu'il s'est passé quoi ?

—Pour moi, c'est un accident. Je sais qu'elle et Dimitri ont eu une petite dispute au sujet d'un ex petit ami de Lola qui dansait trop serré contre elle. Dimitri est un peu jaloux, Lola un peu coquine, parfois ! J'ai vu Lola quitter la salle, Dimitri la suivre mais revenir en disant qu'il valait mieux qu'elle se calme toute seule. Il la connaît tellement bien ! Pour moi, elle s'est assise au bord du bassin, a glissé, s'est assommée et noyée. Ça ne peut qu'être ça !

—Hum, dit Radinski. Vous pouvez me dire autre chose ? Quelque chose de suspect, de surprenant, des gens au comportement étrange ou quoi que ce soit d'autre ?

Dominique Debancourt réfléchit. On sent qu'elle aimerait ne rien trouver qui invaliderait sa théorie ; elle ne voudrait pas une autre raison à la mort de Lola. Elle est infirmière à l'hôpital. Elle en voit assez, de ces morts violentes, de ces crises conjugales qui dégénèrent, de ces règlements de compte.

Elle se lève :

—Je pense vous avoir tout dit. Mais si quelque chose me revient… Est-ce que je peux voir mon fils ?

—Je pense qu'il vaut mieux le laisser se reposer, répond Radinski d'un ton plus léger.

—D'accord. Dites-lui que j'ai demandé de ses nouvelles. Dites-lui que je l'aime.

Madame Debancourt s'en va et en la regardant s'éloigner, l'inspectrice trouve qu'elle semble porter le poids du monde sur ses épaules, tant sa silhouette s'est soudain affaissée : presqu'une vieille femme, d'une tristesse infinie.

# Chapitre 6.

Dehors, on cherche Jonathan. On l'a vu quitter l'hôtel ce matin avec un sac à dos. Il a salué gaiement le personnel d'accueil, a dit que le temps était à la promenade et est parti à pied. Plus loin, une marchande indique qu'il lui a acheté deux bockits et du jus de maracudja. Un garçon très gentil, poli et qui avait l'air de savoir où il allait. Les autres marchandes acquiescent et rient en regardant l'une d'entre elle qui semble gênée. Ah, Lili, elle l'a bien aimé le jeune homme ! Hein Lili, il t'a fait les yeux doux ? On interroge la jeune fille qui sort de sa poche un papier avec un numéro de téléphone. Il lui a donné son numéro. Il était charmant, Loïc !

Loïc ? Est-ce bien Jonathan, ce Loïc ? On montre une photo. C'est bien lui, mais il n'était pas habillé comme ça ! Juste un jean et un tee-shirt. Et il avait un sac à dos bleu.

Petit à petit, on retrace le parcours de Jonathan dans le bourg du Gosier. Mais quand on arrive au port, plus aucune piste. La navette pour Marie-Galante vient de partir. On interrogera le capitaine à son arrivée là-bas. Celle qui repart en Dominique via la Martinique est attendue dans une dizaine de minutes. Personne ne se souvient d'un jeune homme seul. Il y avait bien quelques touristes mais en groupe, alors ?

Radinski, de son côté, est sortie faire quelques pas. L'affaire semble plus complexe qu'il n'y paraissait. Pourquoi Jonathan est-il parti sans rien dire à sa mère ? Où est-il allé ? Pourquoi cette insouciance affichée ? N'est-il pas touché par la mort de sa sœur ? Et Dimitri ? Sa dispute avec Lola a-t-elle été plus grave qu'une simple querelle d'amoureux ? Que va-t-il dire de plus qu'hier ? L'inspectrice doit aussi interroger le témoin de Lola, Clara ainsi que Jonathan, quand on l'aura retrouvé. Et puis, on attend aussi les photos du mariage, toutes les photos que doit déposer Madame Louis.

Et justement, elles sont arrivées les photos. Dans le hall attend une dame quelque peu débraillée, vêtue d'une salopette à carreau, un béret vissé sur sa chevelure coiffée en afro.

— Venez, Madame, dit Radinski.

Les deux femmes s'installent dans la salle d'interrogatoire.

—Bien. Vous êtes Florette Louis et vous êtes photographe, je me trompe ?

—C'est cela même, madame la commissaire. Mais je suis — artiste photographe —.

—Inspectrice suffira. Et j'ai bien noté — artiste photographe —. Merci. Que pouvez-vous nous dire sur la journée d'hier.

Madame Louis fait silence et semble chercher des souvenirs enfouis au plus profond d'elle-même, tant sa mine se renfrogne et son front se plisse.

—Le mariage Montlouis. Voilà les photos. Vous constaterez que je n'ai pas boudé mon plaisir devant un si joli couple. Une mariée aérienne, si jolie dans sa robe de tulle et de dentelle. Notez quand même qu'il y avait une femme habillée pareil ! Un scandale ! Tout pour porter malheur ! Alors…

Nouveau silence. Tête baissée, la dame farfouille dans les photos, en tire une d'un paquet :

—Voyez vous-même ! Cette femme-là ! Une robe un peu plus courte peut-être. Une allure presqu'identique mais sans voile ni couronne.

Même style de femme, même chevelure, même teint doré. Un scandale, je vous dis. Et en plus, il semblerait qu'elle n'était pas invitée ! Elle et son mari, enfin, je ne sais pas si c'était son mari ? Un super beau mec, brun, teint mat, style rital. Je disais donc qu'elle et son mari ont été gentiment raccompagnés par les vigiles. Enfin, c'est ce qu'on m'a dit !

—Ah ? Qui vous l'a dit ?

—Jonathan. On se connaît bien lui et moi. C'est d'ailleurs lui qui m'a recommandé à la famille.

—Comment avez-vous connu Jonathan ?

—Voyons. Je ne sais pas si je m'en souviens bien. Vous savez, j'ai parfois la mémoire qui flanche. Pourtant je suis encore jeune mais non. J'ai tendance à oublier ce qui n'est pas important. Et là ! Eh bien, mon esprit a jugé que ce n'était pas important puisque j'ai oublié comment et où j'ai rencontré Jonathan. En France, en Guadeloupe au cours de ses séjours ici ? Ma foi, c'est le trou noir, excusez-m'en.

— Ça va vous revenir peut-être. Donc, le mariage. Avant tout, je voudrais que vous me disiez ce que vous avez pu constater d'autre. En tant qu'artiste photographe, vous devez être une sacrée observatrice.

—Le mariage. D'abord du monde, du monde, du monde. A la mairie, tout un cinéma, la presse et les photographes de presse, qui sont tout sauf des artistes, cela dit en passant, m'ont bien gênée, d'autant que nous ne nous aimons pas vraiment. Il paraît que le père de la mariée est un type en vue. Moi, je ne le connaissais pas car je ne lis pas les journaux et je trouve que la télé, c'est fait pour les gens débiles.

Radinski écoute, presqu'amusée les babillages de cette — artiste photographe —. Des cancans, des approximations, des oublis, ce n'est pas un témoin fiable de prime abord.

—Et

—Et... Alors donc. A la mairie, du monde, la presse. Bref, pas facile de prendre des photos. Les voilà. Je les ai mises dans une pochette — mairie — pour faciliter les choses. On ne croirait pas, mais une artiste-photographe doit être ordonnée, sinon… Vous verriez mon labo, il est nickel : des boîtes pour tout ranger ; des étagères partout avec de grandes étiquettes pour bien savoir où sont les choses. Un paradis de rangement ! Bon, oui. Je ne veux pas vous faire perdre votre temps. Je vois que vous regardez votre montre, alors j'accélère. Je vais être concise, c'est ce que voulez, n'est-ce pas, je le vois à votre air ! A la mairie, du monde, la presse. C'est quand même étonnant que je ne connaisse pas ce monsieur Montlouis ! Oui, oui, je vous agace, je le sens bien. Alors, on passe à l'église. Quelle décoration et quel cadre superbes. J'aurais presqu'envie de me remarier mais trois mariages, ça suffit. D'autant que mes maris n'ont pas de chance. Je suis veuve trois fois ; alors vous voyez ce que je veux dire ! Bien. A l'église, ça se passe mieux. Je prends de belles photos que voici. J'ai même saisi les émotions des uns et des autres. La mariée et ses yeux rougis ; le marié qui se tenait droit comme un i pour ne pas montrer son stress ; les mères tentant de dissimuler leur joie ; le père très ému : il m'a semblé qu'il versait une larme. Et bien d'autres d'ailleurs. Enfin, presque tous étaient sous le coup de l'émotion.

—Presque tous ? Vous connaissez les exceptions ?

—Non. Les curieux dans l'ensemble participent pleinement et ont les larmes aux yeux régulièrement ! Un si beau couple, l'image même du bonheur. Mais voilà, je ne saurais vous dire. J'étais focalisée sur les mariés et la famille proche.

—Rien à signaler ? Pas d'incident ?

—Je n'ai rien vu de tel. Ce n'est pas comme lors de la soirée. Là, en revanche, c'était un peu tendu partout. Les deux mères qui se marchaient dessus, l'organisatrice stressée au point d'oublier le prénom de la mariée, le marié et sa toute nouvelle femme, les témoins, la belle-mère odieuse... Un paquet de conflits larvés qui ont éclaté ou pas d'ailleurs. Le stress, c'est normal. Ce n'est pas important, non ?

—Peut-être. Mais donnez-moi tout de même des détails.

—Petite dispute entre les époux : il m'a semblé qu'elle dansait un peu trop collée à un autre homme. Beau garçon, plutôt charmeur, d'ailleurs. Elle, elle est partie dans le parc, le mari a suivi, furieux. Je crois que j'ai d'ailleurs une photo ! J'aime les photos prises sur le vif, et là, c'est le cas. Attendez.

La photographe ouvre une pochette et en tire un cliché : Radinski y voit le visage de Dimitri déformé par une émotion très forte, colère, dépit, jalousie ? Il est vingt-deux heures dix huit. Elle demande à garder la photo.

—Oui, vous me disiez ?

—Après, accrochage entre la mamie et le frère de la mariée. Regardez cette photo, on voit bien qu'ils se disputent, non ?   Le ton est monté car j'ai entendu : — tu n'auras rien —, ou quelque chose comme ça de la part de la grand-mère. Et le regard qu'il lui a lancé ! Et peu après, le marié est réapparu. Il semblait un peu moins agité. Il a croisé le frère, sans un regard d'ailleurs. Les mariages, ça révèle les querelles familiales. Ce n'est pas la première fois que je vois ça !

—A quelle heure ?

—Vingt-deux heures seize. Voyez, c'est écrit là.

—Autre chose ?

—Non. Enfin, si ça me revient, je vous dirai.

—Bien, vous me laissez vos photos. Nous vous les redonnerons rapidement.

—J'y compte bien ! Elles ont été payées et sont attendues. Jonathan doit venir les chercher en fin de journée.

—Jonathan ?

—Oui, il est préposé aux photos, d'après ce que j'ai compris. —

La dame sort. Radinski souffle un instant, s'interroge sur la capacité qu'a la famille à produire des histoires sans fin : amour, argent mêlés, secrets qui rejaillissent et fiertés mal placées. Difficile parfois de trouver sa place ! Elle-même a bien souffert de la promiscuité de sa famille. Elle ne supportait plus les intrusions pourtant généreuses de sa mère, la rivalité qu'entretenait sa sœur dans tous les domaines. Et le milieu bourgeois lyonnais pesant et bienpensant. Quand elle était entrée dans la police, sa formation à Saint Cyr en Mont D'Or lui avait permis de prendre un peu de distance, pas suffisante.[12] Une raison de sa mutation en Guadeloupe.

En attendant, on pouvait envoyer un agent chez la photographe, au cas où Jonathan viendrait chercher les photos. Mais Radinski se doutait que ce serait peine perdue. Elle commençait à envisager la culpabilité du jeune homme : dette de jeu, jalousie ? A vérifier, bien sûr.

---

[12] Voir Saveurs Assassines -

# Chapitre 7.

— Monsieur Debancourt va mieux. Je pense que vous pouvez l'interroger.

Le commissaire a ouvert brutalement la porte de la salle, faisant sursauter l'inspectrice qui regarde quelques photos.

—Oui, merci.

—Ce sont les photos ? Et la photographe, elle est comment ? Elle a pu vous donner des infos ?

—Elle est…. Comment dire ça ? C'est une artiste.

—Et ?

—Eh bien, elle est observatrice et bavarde.

—Donc ? Eh Radinski, il faut que je vous tire les vers du nez ?

—Monsieur le Commissaire, regardez. Voici une photo prise à la mairie. Vous voyez ? Là. Jonathan. Il a l'air furieux. Pourquoi ?

—Vous allez le lui demander quand on l'aura retrouvé.

—Et à l'église, il n'apparaît sur aucune photo ; on voit toute la famille sauf lui ? Et là, à la soirée, ici, regardez : il semble quitter la salle. Il est vingt-deux heures quinze. Quand à ce cliché, regardez la mine du marié : stupéfiant, non ?

—Je vois. Eh bien, vous allez voir ça tout de suite avec lui. Je vous l'amène.

Dimitri a repris une apparence normale : il est coiffé et réveillé.

—Asseyez-vous.

—Vous voulez un café ?

—Non merci. Excusez-moi pour tout à l'heure. J'avais bu ; alors….

—J'ai bien compris. Votre maman aussi. Elle vous embrasse et m'a chargée de vous dire qu'elle vous aime. Bien, commençons. Comment voyez-vous les choses, monsieur Debancourt ?

—Je suis persuadée qu'elle a été assassinée. Vous savez, on sait peu de choses sur les années où elle a disparu. Il me semble qu'hier soir, ce passé a ressurgi.

—Comment cela ?

—Ce couple d'étrangers qui est venu à notre fête. Quand Lola a vu apparaître l'homme, elle s'est figée et son regard effaré m'a alerté. Elle a détourné le corps, comme pour fuir un danger.

—Il était quelle heure ?

—Vingt-et-une heures peut-être.

—Vous l'avez interrogée à ce sujet ?

—Oui. Elle a esquivé : ce n'était rien ; elle avait cru reconnaître quelqu'un.

—C'est à ce sujet que vous vous êtes disputés ?

—Ah, vous êtes déjà au courant !

—Eh oui, la police arrive à tout savoir !

— Nous nous sommes disputés bien après. C'était autour de vingt-deux heures. Le couple était parti depuis longtemps. Une dispute d'amoureux, sans gravité. J'ai été idiot : je suis plutôt jaloux et quand j'ai vu que son ex dansait en la serrant contre lui, quand j'ai vu qu'elle en riait et ne semblait pas gênée, ça m'a énervé. Alors, je l'ai prise par le bras. Nous avons quitté la salle et nous sommes expliqués. Rapidement.

—Où êtes-vous allés ?

—Nous avons fait quelques pas dans le parc. J'étais furieux mais je connais Lola : je lui ai seulement dit de ne plus me faire ce genre de choses. Elle s'est excusée.

—Combien de temps avez-vous quitté la soirée ?

—Une dizaine de minutes, tout au plus. Ensuite, elle m'a dit qu'elle avait besoin d'être seule. Je l'ai laissée. J'ai vraiment pensé qu'elle allait se promener. L'homme l'attendait peut-être ?

Silence. Les yeux de Debancourt se voilent un peu puis il se reprend.

—Vous l'avez retrouvé ce Grec ?

—On le cherche. Comment savez-vous qu'il est grec ?

—Son physique de beau brun. Ou Italien ? Ou Turc, va savoir en fait !

—Monsieur Debancourt, vous ne me dites pas tout.

—Si, bien sûr.

—Je reprends ma question : comment savez-vous qu'il est grec ?

—Ok. Là aussi, je vais vous sembler idiot, non ! J'ai un peu honte de ne pas savoir grand-chose de la vie passée de ma femme, mais je sais qu'elle a travaillé pour un Grec et qu'elle n'a pas été très honnête avec lui.

—Honnête, c'est-à-dire ?

—Je n'en sais pas plus. Jonathan m'a laissé entendre qu'elle l'avait peut-être volé.

—Ce n'est pas Lola qui vous a raconté cette histoire ?

—Non, Lola ne m'a jamais rien dit de son passé, rien de concret. Des boulots saisonniers sur des bateaux de croisière, dans des boutiques, En Espagne, en Grèce. C'est tout.

—A quelle occasion Jonathan vous a-t-il parlé de cela ?

—Je ne m'en souviens pas.

—Vraiment ?

—Oui.

—Il faudra me donner une réponse. Bien, continuons.

—Que voulez-vous savoir ? Nous nous aimions, nous venions de nous marier ; nous étions heureux ! C'est tout.

—Vous avez dit que vous étiez jaloux ? Jusqu'à quel point, monsieur Debancourt ? Avez-vous tué votre épouse ? L'avez-vous déjà frappée ?

—Vous voulez rire ! Jamais je ne lui ferais de mal !

—Pourtant, elle porte des marques au poignet gauche. Il s'agit de vos doigts ?

—C'est sûrement ça. Je l'ai empoignée un peu brutalement.

—Vous étiez très en colère ?

—Pas très.

—Suffisamment pour lui laisser la marque de vos doigts au poignet.

—Désolé, je suppose. Mais je ne l'ai pas tuée ! Je suis revenu rapidement. Tout le monde peut l'attester.

—Nous allons vérifier tout cela. Passons à Jonathan. Comment est-il ?

—Pourquoi me parler encore de Jonathan ?

—Il a disparu.

—Disparu ? Ça ne lui ressemble pas. Depuis quand ?

—Ce matin.

—Il est parfois bizarre, vous savez. On va sûrement le retrouver au casino !

—Pourquoi ?

—Vous ne savez pas ? Il joue, Jonathan. Je le soupçonne d'ailleurs d'attendre impatiemment la mort de sa grand-mère Louise qui est pleine aux as !

—Il a des dettes de jeu ?

—Je ne sais pas. Mais les joueurs en ont souvent, non ? Quel rapport avec Lola ?

—C'est sa demi-sœur. Que prévoit l'héritage de leur mère, de leur grand-mère ?

Dimitri sursaute :

—Non, je n'y crois pas. Intéressez-vous plutôt au Grec.

—Nous nous intéressons à toutes les pistes, monsieur Debancourt. Vous restez à notre disposition, merci.

—Bien entendu. Comme vous le savez, nous devons organiser une autre cérémonie, moins gaie, celle-là !

Debancourt sort, la mine sombre. Un jeune veuf, un amour brisé par la jalousie ou le chagrin ?

Radinski s'étire longuement sur sa chaise : ce garçon dissimule quelque chose à moins qu'il n'ait peur. Il n'est pas aussi maître de lui que le pense sa mère. Un suspect potentiel ? Peut-être. Elle se lève quand deux coups discrets retentissent sur la porte close.

—Il y a là une certaine Clara Montout qui voudrait vous parler.

—Je ne vois pas qui c'est.

—C'est le témoin de la mariée.

—Oui, faites entrer.

Une jeune femme blonde entre d'un pas décidé dans la salle, ferme la porte sans attendre. Une poignée de main ferme :

—Clara Montout. Je suis le témoin de Lola. Mon Dieu, comme c'est triste tout ça. Je suis anéantie et j'espère que vous allez retrouver cet individu.

—Quel individu ?

—Yannis Machintruc, le grec !

—Vous le connaissez ?

—Non mais Lola me l'a désigné, hier quand elle l'a vue. Elle était terrorisée.

—Vous savez pourquoi ?

—Oui. Elle a travaillé sur son yacht quand elle était en Grèce et je crois qu'elle l'a soulagé de quelques billets.

—Et il serait venu pour ça ? C'est une grosse somme alors ? Vous savez de combien il s'agit ?

—Non. Lola m'a seulement dit — quelques billets — Et elle a ajouté : — il en a tellement et en plus, avec ce que j'ai fait pour lui, il peut bien m'en donner ! — ; C'est tout ce que je peux dire sur ce Grec. Mais elle avait vraiment peur de lui !

—Vous savez autre chose sur le passé de Lola ?

—Peu de choses. Je sais que sur les yachts, elle a eu à se soumettre à quelques exigences spéciales mais elle dit qu'elle se mettait en mode — pause — quand elle avait à faire ces choses.

—Prostitution ?

—Oui, quelque chose comme ça. Mais elle s'est enfuie et c'est à ce moment-là que je l'ai rencontrée à Paris, chez un ami.

—Et ?

—Rien de spécial. Elle travaillait dans un bar, buvait un peu trop, fumait quelques pétards, rien de plus, je crois. Moi, j'étais étudiante infirmière alors elle a pris la décision de faire la même chose et nous avons habité ensemble. Aujourd'hui, nous travaillons dans le même hôpital. Voilà ce que je peux vous dire.

—Autre question : savez-vous que Dimitri et Lola se sont disputés ?

—Il me semble que quelqu'un en a fait la remarque mais je dansais à ce moment-là. Et puis, Lola avait le don d'agacer les gens qui l'aimaient en essayant de les choquer. Une provocatrice : elle aimait titiller, jouer. Et je sais que cela déconcertait Dimitri. Mais je ne pense absolument pas qu'il lui aurait fait du mal. Dans ces moments, il la considérait alors comme une gamine et tentait de ne pas entrer dans son jeu.

—Vous a-t-elle parlé de la jalousie de son mari ?

—Quand on aime, on est toujours jaloux, non ? Dimitri, comme tous les êtres humains !

—Pas de violence entre eux.

—Non, Lola ne l'aurait pas accepté !

—Elle a pourtant accepté bien d'autres violences dans son passé ?

—Justement !

—Merci beaucoup. Je vous raccompagne.

Dans le couloir est assis un jeune homme. A la vue de Clara, il se raidit, regarde vers la porte d'entrée, semble hésiter à s'enfuir puis sourit et se rassied.

Tania Radinski lui jette un œil noir :

—Vous m'attendez, vous, dit-elle d'une voix ferme.

Elle raccompagne la jeune fille puis invite le garçon à entrer.

—Vous êtes ?

—Je suis Mickael Louison, le témoin de Dimitri Debancourt. La police m'a convoqué ce matin.

—Entrez là et installez-vous, j'arrive.

Le jeune homme hésite, fait le tour de la table, s'assied sur une première chaise, une deuxième et opte pour une troisième, en face des deux autres.

Radinski est allée voir Martol dans la pièce qui se trouve de l'autre côté de la vitre sans tain.

—Bizarre, ce garçon, dit Martol.

—Oui. Je trouve aussi. Il semble angoissé, apeuré presque ?

—Oui. Tu veux que je vienne avec toi ?

—Allons, oui.

Radinski et Martol entrent dans la pièce. Le jeune homme est immobile, la tête entre les mains.

—Monsieur Louison, comment allez-vous ?

Le garçon lève la tête, posant un regard flou sur l'inspectrice.

—Ça va. Je réfléchis.

—A quoi, demande Martol ?

—A ce que vous allez me demander.

—Et….

—Eh bien. Si j'ai tué Lola, par exemple.

—Et vous l'avez tuée ?

—Bon elle est bandante, comme meuf mais c'était la copine de mon meilleur pote et de mon cousin Dimi

—Il est comment Dimitri ?

—Pourquoi ? Vous pensez qu'il l'a tuée ? Trop drôle ! Ah, vous êtes à côté de la plaque, même !

—Pourquoi dites-vous cela ?

—Il l'aimait trop ! C'est vrai que quand on aime trop, on peut être très jaloux, violent ; on peut avoir des envies de meurtre !

—Vous en savez quelque chose, on dirait !

—Moi ? Pas concernant Lola. Elle, c'est vrai qu'elle aurait dû être plus discrète avec le beau mec.

—Quel beau mec ?

—Le gars avec qui elle dansait, un peu trop collé serré. Ça lui a pas plu à Dimi. Mais pas au point de la tuer quand même !

—Au point de quoi ?

—Oh, je crois qu'il a juste fait une mise au point avec elle. Je les ai vus aller tous les deux dans le parc et Dimi est revenu peu après. On ne peut pas dire qu'il avait l'air trop content mais il m'a dit qu'ils s'étaient réconciliés et qu'elle voulait être seule.

—Vous avez vu quoi, à cette soirée ?

—C'était super. La classe, du beau monde, pas le mien, mais bon. J'ai profité de la bonne cuisine, des bulles…. Mais, à part la fois où ils se sont un peu accrochés, c'est tout. Dimi était fou amoureux et elle aussi d'après lui. Par contre, le beau brun avec qui elle dansait, il était plutôt épris. Un jaloux sûrement.

—Vous le connaissez ?

—Non. Mais Lola oui.

—Qu'est-ce qui vous fait dire cela ?

—Sa façon d'être, leur façon de danser, deux corps qui s 'accordaient parfaitement, comme s'ils se connaissaient. Une sorte de danse amoureuse et je comprends que Dimi ait pété les plombs !

—Il peut être violent, votre cousin ?

—Non, pas du tout ou en paroles seulement. C'est un type bien.

Les inspecteurs s'aperçoivent qu'ils ne tireront rien de plus. Mickaël est un inconditionnel de Debancourt.

—Ok. Ne restez pas loin. On vous rappellera si besoin est.

Le jeune homme s'en va, le nez en l'air, la démarche roulante.

—Tu en penses quoi ? demande Radinski à Martol.

—Pas grand-chose. Il faut retrouver Jonathan et le Grec.

—Ok, je dois y aller, dit Radinski. J'ai rendez-vous.

—Ah ! Un rendez-vous d'amoureux ? Tania est amoureuse !

—Rien de tout ça, mon cher ! A demain.

Elle prend son blouson. Elle est fatiguée et essaie d'y voir clair. Elle ferme la porte de son bureau, prend sa voiture sur le parking et va boire un verre à la marina.

# Partie III

# Chapitre 1.

La marina de Bas du Fort est très animée à cette heure de la soirée. Les lumières des bars et restaurants se reflètent dans l'eau sombre du port de plaisance. Des voiliers de location, de lourds yachts rutilants sous les lampadaires, quelques plus modestes embarcations mais le port de pêche est bien loin de ce monde de luxe. Des rires, des bons mots, un moment de détente avant une traversée ou tout simplement une fin de semaine. En terrasse, des gens de bureau qui pratiquent avec ferveur — l'afterwork — devant une bière, un punch, des accras ; des touristes débraillés, heureux de vivre, qui ne se soucient de personne que d'eux-mêmes. Peu après viendront les amateurs de fruits de mer, de bonne viande ou de cuisine locale. Alors, les restaurants bruisseront jusqu'à tard dans la nuit des éclats de voix ou des conversations feutrées des convives. Puis arriveront les noctambules qui envahiront plus tard les quelques boîtes de nuit. Ils prendront un verre avant d'aller écouter quelque orchestre dans de petites salles intimes ou tout simplement danser. Chacun à son rythme, chacun en son lieu de prédilection, chacun dans son univers. Radinski se dit que voilà bien longtemps qu'elle n'a pas profité de véritables instants de détente. Pourtant, comme elle a aimé retrouver des amis autour d'un verre, puis d'un repas, aller ensuite ailleurs pour s'amuser, boire, danser, oublier son métier. Seulement, elle a une affaire à régler et ne peut se permettre qu'une rapide récréation.

Elle rejoint un couple assis autour d'un lourd tonneau de rhum qui sert de table. Un bonjour rapide mais chaleureux et la voilà installée devant un demi glacé qu'elle déguste sans rien dire, les yeux fermés. Un petit moment de bonheur, un sas de décompression bien nécessaire. Ses amis la laissent rejoindre l'autre réalité. Son monde professionnel est fait de violence, de sang, d'injures et de privation de liberté, de tristesse aussi. Alors, paradoxalement, elle doit le quitter petit à petit, sans brusquer quoi que ce soit, pour mieux entrer dans l'autre monde, celui des loisirs, des amis, des relations apaisées.

— Vous allez bien ?

—Salut Tania ! Bienvenue chez nous, lui dit avec un large sourire Kevin. C'est un petit homme râblé au teint olivâtre. Elle l'a rencontré lors d'une randonnée, une jolie excursion de quelques heures en pleine forêt, avec les cascades comme lieu de détente.

—Salut à vous, mes amis !

—Dure journée ? demande Sarah, une jolie indienne aux yeux pétillants.

Sarah est son amie. C'est elle qui l'a introduite dans le monde d'ici. Radinski a été adoptée comme une nouvelle fille de la famille. Elle passe régulièrement les fêtes de fin d'année avec la nombreuse fratrie de son amie et ses parents. Il faut dire qu'ils sont nombreux : dix frères et sœurs, tellement proches, dont France Lise, la mère de Sarah, est si fière ! Chacun a suivi une route plus ou moins droite mais chacun a trouvé son destin. Nulle jalousie, nulle compétition. Chaque membre sait ce qu'il doit aux autres et même si parfois les esprits s'échauffent sur certains sujets, rien de définitif n'est proféré qui mettrait en danger ce bel équilibre. Pour Radinski, c'est une vraie découverte. Jamais elle n'a connu une telle chaleur dans les relations familiales. Elle a peu fréquenté ses seuls oncle et tante et leurs deux enfants. Ils vivaient si loin d'elle. Et elle ne voit plus beaucoup sa sœur. Elle déguste avec un vrai bonheur cette vie simple, en dépit du poids qui parfois s'impose quand on est trop proches les uns des autres. Rien n'est jamais parfait.

—Ah ça, on peut le dire ! J'aurais besoin d'une bonne vieille de tes blagues ! Et vous ?

—La routine. Rien de bien marquant. Les mêmes problèmes. Faire du commerce, ce n'est pas évident ! Trop d'importations ; peu d'exportations possibles, tant tout semble bloqué par des forces invisibles ! Je dois faire une expédition de melons et mon transporteur habituel ne peut assurer ! Il faut que je trouve une autre organisation et avec le melon, il faut faire vite ! Et à quel prix !

—C'est vrai, rétorque Sarah, son épouse. J'ai le même problème avec mon salon de beauté. Des produits onéreux à l'achat et des clientes qui rechignent à s'approvisionner chez moi parce ce qu'elles trouvent bien moins cher sur internet. Nous vivons sur une île ! On dit que c'est pour cela ! Et pourtant, il y a des gens qui innovent. J'ai rencontré une petite qui fait de la crème de beauté avec des groseilles-pays ! Labellisée et tout. Mais cher ! j'aimerais lui donner un coup de main, je vais le faire d'ailleurs, mais il va falloir travailler la communication.

—Je serai la première acheteuse, moi ! répond Tania. Avec la tête que j'ai en ce moment, ça ne peut pas me faire de mal !

—La groseille-pays, c'est un antioxydant, un diurétique aussi. Sais-tu qu'on l'appelle la boisson des pharaons, en Egypte.

—Entre le lait d'ânesse et le thé d'hibiscus, on comprend pourquoi Cléopâtre était si belle !

Le téléphone de Tania sonne. Le boulot ! On vient de retrouver le Grec. Il est sur son bateau à deux pas d'ici. Deux inspecteurs se rendent sur les lieux. Radinski note le nom du bateau, sa place et quitte prestement ses amis.

Le quai cinq est animé : musique, lumières stroboscopiques, une fête sûrement ? Tania rejoint les inspecteurs Grippon et Bouleau et tous les trois entrent sur le quai. Au bout, tout au bout, trône, majestueux, un immense yacht d'une blancheur éblouissante. Sur le pont, danse un groupe, les filles en robes légères, les hommes en short. La belle vie, l'insouciance d'une jeunesse dorée. Rien à voir avec celle que les inspecteurs côtoient le plus souvent, même s'il leur est arrivé bien souvent d'intervenir dans certaines propriétés où coulaient à flot cocaïne et alcools divers. La drogue, l'alcool, mais pas les mêmes ! Et surtout, pas les mêmes problèmes à l'arrivée. Qui dit que la justice est équitable dans ce pays ?

Un homme très grand sort de la cabine et fait un signe. La musique s'arrête, les danses aussi et les jeunes s'éparpillent dans le bateau. L'homme invite les policiers à monter à bord et les conduit à un petit salon.

—Je vous attendais, dit-il d'une voix à la fois douce et grave. Je sais que tout le monde s'est aperçu, hier, de notre intrusion à Marie-Lila et moi.

—Pourquoi venir troubler la fête ?

—Je voulais seulement rappeler à Lola qu'on ne fait pas n'importe quoi avec les gens qui vous emploient.

—Vous l'avez employée ?

—Vous le savez. Je suis sûr que vous savez tout de moi. Je connais vos services.

—Pour y avoir été confronté ?

—Oui et non, en même temps. Oui, parce que mes activités d'homme d'affaires attirent des jalousies qui elles-mêmes attirent des enquêtes. Non, parce que je n'ai rien à me reprocher : je ne fais qu'organiser des fêtes pour des gens sélects.

—Sélects, c'est quoi ?

—Des gens friqués, comme vous dites.

—Alors Lola ? Vous vouliez quoi ? La punir de vous avoir volé ?

—La punir ? Vous voulez rire ! On ne punit pas les petites garces !

—On leur fait quoi ?

—Vous savez, je vais m'arrêter là. Mon avocat ne tardera pas. Il vaut peut-être mieux car vous n'allez pas me croire, non ?

—Dans ce cas, vous ne bougez pas de la Marina et vous vous présentez demain matin à neuf heures au commissariat. Votre avocat doit connaître, non ?

Sur ce, les inspecteurs quittent le bord. La journée est finie.

—Allons boire un verre, propose Myriam. J'en ai besoin ce soir. Pauvre petite ! Elle a l'âge de ma fille. Je n'ose imaginer si c'était Sandra ! Ils se dirigent vers la Rhumerie quand Tania reçoit un appel : Jonathan serait au Casino. Elle laisse les inspecteurs et part chercher le jeune homme.

# Chapitre 2.

Radinski pénètre dans le casino par les larges portes vitrées.

A l'entrée, les machines à sous, alignées : une invitation à la fortune immédiate. Aussi rutilantes que les voitures américaines. Aussi bruyantes qu'une armée de flippers. Ici, le fond sonore explose : on pénètre un antre habité de fauves qui clignotent, rugissent, dégueulent ou engloutissent une chimère puis s'endorment quelques secondes, le temps de regagner la confiance des perdants et de les inciter à reprendre le manche maudit. Les hurlements des gagnants se mêlent à la cascade ininterrompue des pièces qui dégoulinent au bas de la caisse ; s'élèvent aussi les cris des joueurs dont la mise a été avalée maintes fois sans offrir quoi que ce soit en échange. Une ambiance de foire, un univers clinquant qui attire, aspire les plus modestes, les moins armés contre la passion du jeu, le goût de la fortune, pour le pouvoir qu'elle donne, pour la vitrine qu'elle offre, fantasme mirobolant de luxe et de mœurs débridés. L'attrait pour ce qu'on n'aura jamais, en dépit des quelques gains dérisoires d'un soir ou deux.

Un lieu bien différent de l'autre. Ici, on joue des pièces ; à l'intérieur, ce sont des billets qu'on échange avec des jetons et de drôles de plaques.

Tania pousse l'un des battants d'une lourde porte et pénètre dans le sacrosaint univers feutré des plus accros. Ici règne un calme singulier où d'épaisses moquettes assourdissent les quelques soupirs et les rares paroles. Ici, c'est un monde en apparence plus policé où la violence extrême reste calfeutrée au cœur des cœurs exaltés.

C'est une grande salle où s'éparpillent, dans un apparent désordre, des tables en demi-lune. Des employés debout, impeccablement vêtus, distribuent sur un tapis vert le sésame du succès. Devant eux, des têtes qui s'inclinent au gré du jeu ; des mains, parfois très sûres, parfois si vives ; et puis des doigts, l'index en particulier, qui tapent quelques coups secs sur la table pour demander, en silence, une carte, celle qui va tout changer. Une autre planète, unique, avec ses colères rentrées, ses cris étouffés, ses rires discrets ou ses mines renfrognées. Ses coups de chance aussi, quand on ne s'y attend plus.

Plus loin, une longue table ovale. A l'une de ses extrémités trône l'objet de toutes les convoitises : la roulette, véritable objet d'art en bois blond qui offre en son cœur, les triangles colorés qui vont décider du sort de quelques-uns. Rapide, tournoyante, magique, noir et rouge, pair ou impair, passe et manque. Sur la table, un damier de chiffres où s'empilent des jetons de couleur et sur les bords, cette part de l'humanité qui croit en son hypothétique chance. Ils sont nombreux ce soir, hommes et femmes, apparemment détendus ou saisis par l'anxiété. Et si ce soir, je gagnais !

Elle connaît ces lieux où se côtoient tant d'êtres différents mais qui se retrouvent autour d'une même fièvre. Une passion qui dévoile la fragilité humaine. Le jeu déshabille le chef d'entreprise ou la star, comme l'agriculteur ou l'enseignant ; il gomme les différences et dénude l'homme qui n'est plus qu'un être de passion. Les vrais joueurs sont des écorchés vifs. Ils se perdent et parfois c'est définitif.

Elle se souvient. Il l'emmenait avec lui parce qu'elle lui portait chance, disait-il. Au début, elle jouait, gagnait d'ailleurs assez souvent mais un jour, elle s'était aperçue que ce qui le rongeait lui ôtait toute raison. Il perdait, beaucoup, souvent, mais il disait toujours qu'il allait se — refaire —. Et il lui empruntait le peu qu'elle avait. Il se referait, il n'y avait aucun doute ; il sentait qu'il avait la — baraka — ce soir. Cela avait mal commencé mais la chance arrivait. Il l'entendait venir, un frisson dans les mains, une petite voix toute douce. Tania lui donnait la mise ; alors son regard éclatait d'une brève folie, un feu dévorant. Tout son corps se tendait vers l'enjeu ; il n'était plus que jeu, que jeton, que mains crispées sur le bord verni de la table. Elle n'existait plus. S'il perdait encore, l'œil se faisait vitreux, la mine s'éteignait et, puisqu'il n'avait plus de quoi renchérir, il lui fallait partir. Parfois, il la harcelait encore pour avoir un peu d'argent, de quoi se refaire, il en était certain. Au début de leur relation, elle cédait. Ensuite, elle résista à toute force, préférant sa mauvaise humeur à la honte qui la prenait devant cet être si vulnérable qu'elle adorait tant. Peu importait d'ailleurs ce qu'il perdait. Il trouvait toujours un remède. Elle ne savait pas quoi. Elle se doutait bien que c'était plus ou moins légal mais elle fermait les yeux, elle, la flic responsable, elle, la femme amoureuse. Et puis, au casino de Charbonnières, on le connaissait, ce beau médecin, cet homme généreux et si arrangeant !

S'il gagnait, c'était la fête, une fête de tous les diables où amis et vagues connaissances déboulaient à la maison. On se noyait dans le champagne, on dansait toute la nuit ; une joie de vivre incroyable l'animait. Il la couvrait de somptueux cadeaux et riait, riait d'une inextinguible joie, celle d'un enfant débordant d'énergie et d'amour. Il était si heureux alors qu'elle en oubliait les mauvais moments. Son regard vert tacheté de fauve la conviait au bonheur immédiat, au plaisir de vivre pleinement ! Il la faisait danser sur les vagues du succès, sans jamais penser au lendemain. Il aimait tellement la vie ! Elle n'avait pu le suivre et l'avait laissé seul avec les démons qui, plus tard, l'avaient emporté : une nuit de décembre, sortant du casino où il avait tout perdu, il avait eu un terrible accident : sa voiture avait glissé et était tombée dans un ravin. On n'avait retrouvé son corps que le lendemain. Avait-il choisi ? Elle se l'était souvent demandé.

Repensant à tout cela, Radinski frissonne puis sourit, tendrement. C'est cela : elle éprouve de la tendresse pour la faiblesse des hommes. Elle sait leur fragilité, même celle des plus durs malfrats. Mais elle sait aussi la cruauté qui parfois s'exprime chez eux. Elle se ressaisit. Trouver Jonathan, l'exfiltrer discrètement, voilà pourquoi elle est ici.

Sur le côté, le bar : quelques femmes aux tenues chatoyantes y consomment des cocktails colorés ; quelques hommes les observent ou sirotent des boissons ambrées qui se moirent d'or sous les lumières tamisées. Un serveur agite avec adresse un shaker. Il a l'allure d'un jeune premier, mais dans son regard, on peut voir qu'il ne perd rien du spectacle qui se joue autour de lui.

Radinski s'accoude au bar et commande un soda. Elle se juche sur un tabouret au dossier confortable et observe les lieux.

Trois tables de blackjack sont occupées. La première par cinq dames d'un âge certain.

Pochette en tissu précieux, bijoux de prix plein les doigts et sourire convenu, la panoplie attendue pour ces dames du monde. Leurs mains tavelées s'emparent lestement des jetons, les poussent devant elles. Le croupier, un bel homme d'une quarantaine d'années, les fait parfois sourire d'un bon mot mais joue à la perfection son rôle de meneur de jeu : d'un geste précis, il prend les cartes au sabot, les claque sur la table devant les joueuses attentives. Une annonce, un regard ; on mise ou pas. On ne gagne pas ce soir à sa table. Jour de malchance ?

La deuxième table accueille deux jeunes femmes et trois hommes plus âgés. Un silence pesant les isole du reste de la salle. Chacun a les yeux fixés sur les cartes qu'égraine le croupier. L'une des femmes se tapote le front avec un mouchoir, l'autre ne montre aucune émotion. Quant aux hommes, ils attendent, empreints d'une forme de détachement. On sent pourtant ici une tension extrême : on joue gros. On perdra gros aussi à moins que…

A la dernière table se trouvent quatre joueurs. Trois d'entre eux, un verre à la main, paraissent beaucoup s'amuser : ils rient, tentent de réfréner des cris, se tapent sur l'épaule : une équipe de joyeux copains, vraisemblablement. Un désordre incongru, si bien qu'un chef de table intervient. Un quatrième homme, de dos, semble impassible, comme figé. Radinski se lève discrètement, fait comme si elle gagnait les toilettes puis se poste à une table cernée de confortables fauteuils chesterfield. Il s'agit bien de Jonathan. Tendu, les deux mains crochetées ensemble, il a les yeux hagards de ceux qui ne comptent plus sur rien. Sent-il qu'il est observé ? Soudain, il hausse les sourcils, regarde autour de lui, puis se dirige vers elle avec un pauvre sourire. Il n'opposera aucune résistance, se dit Radinski ; il sait bien que dans un tel endroit, il n'a aucune chance de s'échapper.

—Me voilà, inspecteur. Je suppose que vous me cherchiez. Ne vous inquiétez pas, je vous suis.

—Je vous ramène chez vous. Venez. Et demain à dix heures, soyez à mon bureau. Je sais que je peux compter sur vous, n'est-ce-pas ?

# Chapitre 3.

Louise Delard vient d'entrer dans sa chambre d'hôtel. Ces quelques jours l'ont éreintée : le voyage, le mariage, la mort de sa petite fille et puis toute cette enquête, d'interminables interrogatoires et d'infinies interrogations. Qui a tué Lola, cette enfant qu'elle a longtemps regardée de loin mais qu'elle a appris à aimer. Une fille courageuse qui est parvenue à se sortir d'histoires glauques et dangereuses et qui, aujourd'hui, est peut-être rattrapée par celles-ci. A moins que ce jeune homme aux locks démesurées et qui dansait avec elle, d'une façon si indécente... Un bad boy, bien sûr. Lola les aimait, les bad boys ! Elle aimait leur culot, leur look, leur insolence ! Ils faisaient ce qu'elle aurait aimé faire ; ils étaient ce qu'elle aurait voulu être, détachée des contingences, de la morale bourgeoise et enkystée de la famille. Oh, il n'avait pas l'air méchant et puis Lola ne rechignait pas à lui offrir ces quelques instants un peu coquins. Un ou deux pas de danse, en souvenir d'autres peut-être. Louise est parfois romantique : elle invente aux autres des histoires d'amour, elle dont la vie conjugale, sous des dehors harmonieux, n'a été qu'habitudes et routine. Bien sûr, Dimitri n'avait pas apprécié ce zouk langoureux. C'est normal, le jour de son mariage, quand même ! Mais il avait semblé à Louise que l'affaire avait été effacée rapidement : on n'allait pas se disputer pour un ex. Chacun son passé. Et puis, Dimitri aimait Lola. Il ne pouvait pas lui faire de mal ! Qui l'avait invité d'ailleurs ? Louise ne le savait pas. Elle ne connaissait que son prénom, Loïc. Avait-il été invité d'ailleurs ? Oui, Lola avait dû l'inviter, par défi, une fois encore ! Sinon, il aurait été refoulé comme ce couple d'étrangers, cette femme habillée presque comme la mariée, quelle idée, quel scandale même, et cet homme si beau mais à l'air si trouble ! Comme Lola avait eu l'air terrifiée !

Louise avait appris ses errements. Natalie les lui avait racontés, un jour où les confidences avaient été faciles. Elle lui avait aussi dit ce que Natalie avait appelé sa — rédemption —. Si cet homme toxique était venu pour terroriser Lola, il avait réussi, pense-t-elle. Et si c'était pour se venger, effacer l'affront en détruisant la coupable ? Elle ne le croit pas vraiment, non.

Un homme tel que lui ne prendrait pas un risque aussi stupide. Et puis, apparemment, il ne s'est pas enfui ; elle avait entendu dire que son bateau est toujours au port. S'il était coupable, il aurait choisi de gagner la Dominique ou Antigua ! Non, vraiment. Pas lui.

Alors qui ?

Louise soupire, ouvre le réfrigérateur et prend une mignonette de vodka. Voilà, j'ai besoin de ça, se dit-elle ! Un truc fort qui m'empêche de trop réfléchir. Elle boit une large goulée. Le liquide lui brûle la gorge puis diffuse une douce chaleur qui l'apaise un peu. C'aurait pu être une belle fête ! Lola était si jolie dans sa robe de mariée, si sereine, si heureuse. Et elle avait réuni tous ceux qu'elle aimait. Bien sûr, l'idée de faire ça en Guadeloupe n'avait pas plu à Louise mais, bon, c'était le pays natal de Lola et il y avait son père. Le fameux Benjamin. Louise ne l'avait jamais aimé : un bellâtre trop sûr de lui, comme tous ces bourgeois qui se croient plus forts que les autres, qui méprisent tout ce qui n'est pas eux et préfèrent se fréquenter entre eux, soi-disant pour faire avancer leur pays. Tu parles ! Comme s'ils y parvenaient ! Sans la France, la Guadeloupe serait un pays sous-développé ! Mais bon, Ben était le père de Lola, il fallait bien le supporter. Et hypocrite avec ça ! Le sourire qu'il avait eu en lui disant bonjour ! Heureusement, elle lui avait fait comprendre qu'elle n'était pas dupe de son apparente affection. Elle n'était pas née de la dernière pluie. Et en plus, c'était sa faute si Natalie s'était amourachée de son meilleur ami. Marc était toujours avec eux, à chaque moment important, chaque dimanche même, puisqu'ils faisaient du bateau ensemble, avaient les mêmes relations. Et Ben travaillait tout le temps ! Alors, l'inévitable était advenu. Louise pensait d'ailleurs que bien des couples fonctionnaient ainsi. Elle l'avait bien vu ! La fidélité ? Peu importait. Il faisait beau, les corps s'exposaient, les fêtes, le carnaval, les pique-niques sur la plage, tout concourait à rapprocher les gens, à les inviter à des plaisirs coupables. Drôle de pays. Elle ne s'y était jamais plu. Son Michel non plus qui avait été confronté aux événements de 86. Ah, il avait été courageux mais personne ne les avait soutenus, ni leur hiérarchie, encore moins la population ! Comme elle avait été contente de rentrer au pays, dans un endroit plus sûr où elle était acceptée pour ce qu'elle était, où elle était libre de penser ce qu'elle voulait des immigrés, des Noirs, des jaunes ou des gris. La France n'était plus la France ! Blacks, blancs, beurs, ça alors, c'était le bouquet ! Et il y en avait qui y croyaient. Elle, elle admirait une femme de poigne, une femme qui allait remettre la culture judéo-chrétienne au-devant de la scène, sans compromis aucun.

Louise éclate de rire ! Voilà que je parle tout haut ! C'est la meilleure ! Elle reprend un peu de vodka. C'est délicieux ! Elle sourit, plonge dans une forme de torpeur puis se ressaisit.

Et Jonathan ? Où est-il passé ? Il a dû être tellement choqué, le pauvre. C'est vrai que l'on ne peut se fier à un joueur, mais c'est sa sœur, quand même, enfin, sa demi-sœur. Quoiqu'en apparence seulement, ou sur le papier. De toutes façons, ils n'ont rien en commun.

Louise réfléchit encore, reprend une gorgée, la laisse irriguer sa bouche, atteindre sa trachée, l'inonder de sa bienfaisante âpreté. Elle se détend. Jamais elle n'aurait dû parler de son testament. Mais il valait mieux qu'ils soient au courant, non ? Elle n'avait pas voulu privilégier Lola, non. Mais Jonathan jouait. Il fallait une contrainte : Lola lui donnerait une part s'il s'arrêtait de jouer. Voilà quelle avait été sa solution ; il aurait tout dépensé d'un coup, l'argent économisé sou par sou par son mari et elle. Toute une vie de travail, harassant, sans vrai moment de joie, de vacances. Une vie de caserne, avec les rumeurs, la malveillance des jaloux, souvent les jalouses d'ailleurs, leur méchanceté même ! Vivre entre gendarmes, penser gendarmes, se distraire gendarmes. Pas facile ! Bref, une existence bien terne. Mais cela pouvait-il en être autrement ? Enfin, ils avaient amassé un petit pécule qu'elle voulait donner à ses petits-enfants. Natalie avait de quoi vivre largement avec l'assurance-vie de Marc et son travail. Alors, Louise avait changé son testament et voulu bien faire. Tout cela pour en arriver là, à la mort de sa préférée. Jonathan a-t-il voulu récupérer la fortune de sa grand-mère ? Alors, elle est sa prochaine victime. Louise sait qu'il a des dettes de jeu. Il lui a demandé de l'argent, la veille du mariage, une grosse somme qu'elle a refusé de lui donner. On ne joue pas comme ça de l'argent qu'on n'a pas ! L'argent, ça se gagne en travaillant, pas en jouant au casino, non. Ce n'est pas moral, ça ! Et puis, ce n'est pas vraiment son petit-fils ! Inutile de faire semblant.

Louise se lève pour reprendre une bouteille. Elle en prend deux ; on ne sait jamais. Elle en vide une d'un coup, se cale sur le canapé, au milieu des coussins, pose la tête sur l'un d'entre eux et peu à peu s'endort.

Une ombre se glisse par la baie entr'ouverte, fait quelques pas dans la chambre, regarde la forme affalée. C'est un homme apparemment, vêtu de sombre. Il tend la main vers un oreiller, s'en saisit, semble suspendre un geste puis pose l'objet.

Louise a senti une présence. Elle ne réagit pas, engluée dans les vapeurs de la vodka. Elle entrouvre les yeux, pousse un cri qu'elle étouffe soudain dans un sanglot.

Oh non, pense-t-elle.

Au matin, Natalie frappe à la porte de la chambre de sa mère. Il est neuf heures du matin et le petit déjeuner va se terminer. Pas de réponse. Natalie est un peu inquiète. Depuis quelques temps, elle a l'impression que Louise perd la tête, oubliant les mots, les visages, les événements récents. Elle n'est pas si vieille que cela mais on sait que la maladie d'Alzheimer touche aussi des gens de son âge. Et puis, la solitude lui pèse et plusieurs fois Natalie a pensé que sa mère avait bu.

Inquiète, elle demande qu'on ouvre la chambre. Dans la pénombre, elle distingue une forme étendue sur le canapé. Quatre mignonettes de vodka jonchent le sol. Elle s'approche et voit sa mère endormie, le visage apaisé. Plus loin, sur le lit, git une autre forme, engloutie sous les draps. Natalie en soulève un et découvre Jonathan, lui-même plongé dans un sommeil qui semble très profond.

Elle sourit, recouvre le corps de son fils et sort sans bruit de la chambre. Ils ont besoin de dormir, apparemment. Elle leur fera monter un petit déjeuner plus tard.

# Chapitre 4.

Au commissariat, Tania Radinski boit un deuxième café. Noir, fort. C'est ainsi qu'elle l'aime et elle en boit beaucoup sans que cela l'empêche de dormir. Sauf quand c'est le commissaire qui le lui offre : son café est tellement amer !

Le légiste a remis son rapport : mort par noyade et confirmation de marques de main sur le poignet gauche. Rien d'autre. Une jeune femme dans la force de l'âge, en pleine forme.

A ses côtés, Myriam Grippon : toutes les deux préparent l'interrogatoire de Yannis Souyakis. Elles ont étudié son parcours, sa vie, son œuvre, disent-elles. Un homme influent, organisateur de croisières pour gens aisés. Des yachts de luxe, avec un service de luxe et des — produits de luxe —, dont toute une cohorte de jeunes hôtesses peu regardantes sur leurs missions mais avides de gagner de l'argent vite et sans trop d'efforts. La clientèle est faite d'hommes politiques, d'entrepreneurs de toutes nationalités et monsieur Souyakis semble avoir des relations. Seulement là, il est en territoire français et peut être inquiété si besoin est.

A neuf heures tapantes, il se présente avec son avocat, un homme âgé et souriant. Ils s'avancent tous les deux, main tendue, vers l'inspectrice et sa collègue qui les font entrer dans la salle d'interrogatoire.

— Messieurs, bonjour. Monsieur Souyakis. Maître Ronald, n'est-ce pas ? Je suis l'inspectrice Tania Radinski et voici mon adjointe Myriam Grippon.

—Je connais Madame Grippon. Nous sommes voisins, vous savez ? dit l'avocat d'un air entendu.

Myriam reste de marbre.

—Monsieur, vous vous nommez Yannis Souyakis, vous êtes de nationalité grecque et vous logez sur le yacht — Sarapo —, actuellement en escale à la marina de Pointe à Pitre, un beau navire d'ailleurs. Vous êtes un homme d'affaires très puissant, n'est-ce pas ?

—Exact pour l'identité et la localisation. Pour le reste, c'est à confirmer, répond l'avocat.

—Monsieur Souyakis, que faisiez-vous au mariage de mademoiselle Montlouis ?

—Mon client ne savait pas qu'il s'agissait du mariage de mademoiselle Montlouis. Il ne connait pas de mademoiselle Montlouis.

—Et pourtant, il connaissait la mariée ?

—Il semble que cette jeune femme ait travaillé pour mon client mais, à l'époque, elle n'avait pas ce nom. C'était un nom plus, comment dire… — exotique —.

—Quel nom ?

—Je ne m'en souviens pas, intervient Souyakis. Quelque chose comme Montès, Ramirez, Hernandez ? Peut-être, mais je n'en suis pas certain.

—Bien. Heureuse d'entendre votre voix, monsieur Souyakis. Vous vous invitez à un mariage, sans y être convié. Pour quelle raison ?

—J'ai appris par un journal que Lola se mariait. Il y avait une magnifique photo d'elle dans un magazine people. Je voulais la féliciter.

—Elle est donc si connue pour s'afficher dans la presse ?

—Un peu, en Espagne surtout.

—Et pourquoi ?

—Elle a fait la une lors d'une aventure toute particulière avec un richissime vieux monsieur, retrouvé mort d'une crise cardiaque après une nuit d'amour, a dit l'enquête. Il était connu, très connu ; par conséquent, sa jeune femme aussi.

On s'active dans la pièce voisine. Chercher les journaux espagnols. Retrouver l'histoire, les protagonistes. Même avec un nom différent, ça ne doit pas être trop compliqué : on a l'époque, le prénom, la notoriété de l'homme, son décès par crise cardiaque dans des circonstances intéressantes…

—Vous voulez dire qu'ils étaient mariés ?

—Je n'en sais rien. Je sais qu'il y a eu une fête gigantesque pour fêter leur union. De quel ordre était cette union, nul ne le sait.

—Vous n'y étiez pas conviés ?

—Si, mais j'ai préféré m'abstenir. Je n'approuvais pas.

—Pourquoi ?

—Un vieux riche, une jeune paumée, ça ne trompe personne et ça ne va pas loin…

—C'est la seule raison ? Peut-être étiez-vous jaloux ?

—Jaloux d'une telle fille ! J'en ai tellement à mes pieds de ces petites qui, parce qu'elles sont belles et jeunes, n'ont aucun scrupule à faire ce qu'on les invite à faire.

—Quoi, par exemple ?

L'avocat touche le bras de son client, comme pour l'arrêter.

—Non, je vais répondre. Elles font ce que tout homme demande à une jolie fille, et elles le font de leur plein gré, bien sûr.

—Je n'en doute pas une seconde, rétorque Grippon, d'un air dubitatif.

—Vous m'avez dit hier, que vous ne punissiez pas — ces petites garces —, ce sont vos mots. Vous leur faites quoi ? demande Radinski.

Souyakis a un petit rire. Il fixe l'inspectrice d'un air mauvais. Celle-ci sent alors combien la froideur de cet homme peut cacher rancune et cruauté. Un homme qu'il ne doit falloir ni gêner ni tromper.

—Alors ?

—Nous les expulsons de nos cercles, c'est tout !

—J'aime l'expression. Elle montre tout le respect que vous leur portez, rétorque Grippon.

—Comment respecter ces filles ?

—Revenons à la soirée : vous vous présentez au mariage de Lola. Et après ?

—Après ? Plutôt immédiatement ! Je suis refoulé, vertement d'ailleurs. J'ai juste eu le temps d'apercevoir la mine défaite de la mariée et j'avoue que cela m'a fait plaisir.

—Pourquoi ?

—Le vieux monsieur en question était mon père et elle l'a volé de quelques milliers d'euros.

—Volé ? Ce n'est pas ce que vous avez dit hier ! Hier, c'était vous qui étiez volé !

—Mon père l'a couchée dans son lit mais aussi sur son testament. Par conséquent, j'ai été volé aussi, non ?

—En êtes-vous certain ? Elle n'a pas l'air de rouler sur l'or, cette jeune femme !

—J'en doute, j'en doute. Mais c'est trop tard, n'est-ce pas puisqu'elle est morte.

—Ça vous a fait quoi quand vous avez appris la nouvelle ?

—Que voulez-vous que cela me fasse ! Bon débarras !

—Que savez-vous de sa mort ?

—Ce qu'en ont dit les journaux. Morte noyée dans un bassin, n'est-ce pas, inspecteur ?

—On peut dire ça comme ça. Donc, vous ne savez rien ? Où étiez-vous aux alentours de vingt-trois heures, l'autre soir ?

—Monsieur Souyakis était sur son yacht, avec son épouse. Nous étions ensemble. Il m'avait convié pour m'expliquer qu'il avait retrouvé

Lola. Nous cherchions ce qu'il pouvait faire pour la confondre, en restant dans le cadre de la loi, bien entendu.

—Je n'en doute pas, l'interrompt Grippon. Et qu'avez-vous trouvé ?

—Il voulait se présenter le lendemain à son mari pour l'informer du forfait de sa jeune épouse !

—Nous vérifierons.

—Mon épouse pourra confirmer. Le gardien du port aussi puisque j'ai fumé une cigarette avec lui.

—Votre épouse ? La jeune femme qui vous accompagnait au mariage.

—Oui. Maria-Lila.

—Pourquoi portait-elle une robe presqu'identique à celle de la mariée ?

—Une coïncidence, à tout le moins. Elles doivent avoir les mêmes goûts !

—Drôle de coïncidence, non ?

L'avocat se redresse soudain, invitant son client à se lever.

—Je pense que nous en avons fini. Vous savez où était mon client au moment de la disparition de mademoiselle Montlouis, puisque c'est son nom. Vous connaissez les liens qui l'unissaient à elle. Voilà. Nous partons. Yannis, allons-y. —

Radinski les libère. Il lui semble qu'il n'y a pas là de quoi le retenir, mais l'homme paraît plus qu'inquiétant, une sorte de mafieux capable de tout. Elle ne le voit pas guetter la jeune femme dans le parc et la tuer mais il peut avoir commandité l'agression. Elle va demander à Free de vérifier son alibi : elle sait par avance que celui-ci sera confirmé et par l'épouse et par le gardien du port qui ne doit pas rechigner sur quelques dollars. En attendant, elle sort boire un verre d'eau.

— Madame l'inspectrice.

Radinski se retourne, voit devant elle un jeune homme vêtu d'un baggy très large et d'un tee-shirt tout aussi grand.

—Je suis Loïc Louvois, l'ex petit-ami de Lola. Je sais que vous me cherchez. Alors, je suis venu.

—Entrez, lui dit-elle. Asseyez-vous. Que voulez-vous me dire ?

—D'abord, c'est terrible ce qui est arrivé. Moi, je connais Lola depuis très longtemps et je suis sorti avec elle quand on était au collège. J'étais content de la retrouver mais je n'aurais pas dû danser avec elle comme ça ! Le jour de son mariage ! Mais je crois qu'elle n'était pas contre, juste pour provoquer. Elle était déjà comme ça, plus jeune ! J'ai de la peine, vous savez !

—Je comprends, répond l'inspectrice. Que s'est-il passé après ?

—Son mec, enfin son mari est venu. On s'est vite fait accroché ; je me suis excusé et je suis parti. Je sais que Lola et lui se sont expliqués parce qu'il l'a prise violemment par la main et l'a emmenée, je ne sais où. Moi, je lui ai dit d'être cool, que c'était pas grave, qu'il y avait rien entre nous, mais il l'a emmenée. J'aime pas les mecs jaloux.

—Vous croyez qu'il l'a frappée ?

—J'en sais rien, mais il était super énervé. Et elle est morte, alors…

—Nous allons étudier tout cela. Merci de vous être présenté à nous. Venez, je vous raccompagne, dit Myriam. —

Au retour de sa collègue, les deux policières réfléchissent. Et si Dimitri avait tué sa jeune épouse ? Elles vont devoir reconstituer les faits pour en être certaines, minuter les événements entre vingt-deux et vingt-trois heures.

# Chapitre 5.

Le hall du commissariat grouille de gens : des flics qui tiennent menottés des malfrats, des gens qui en cherchent d'autres, des avocats qui viennent voir leurs clients, des ivrognes qui sortent de cellule de dégrisement, des administratifs qui se croisent au gré des escaliers, les bras chargés de dossiers, un foisonnement d'histoires particulières et de gens comme tout le monde. Il est bientôt onze heures du matin et le monde poursuit sa course.

A un guichet, il y a un jeune homme, désemparé, l'air perdu dans le brouhaha incessant.

— Je voudrais voir l'inspectrice Raviski.

—L'inspectrice quoi, dit le planton.

—Raviski ou un truc comme ça.

—Ah, Radinski ! Premier étage, deuxième porte à droite. Votre nom ?

—Je m'appelle Jonathan Vindex.

—Ok. Je la préviens.

C'est Martol qui accueille le jeune homme. Il le fait entrer dans une salle d'interrogatoire, lui donne un verre d'eau.

—Vous auriez de l'aspirine, demande Jonathan. J'ai plutôt la gueule de bois.

Martol revient avec un comprimé et s'assied en face du jeune homme.

—L'inspectrice va arriver. Elle est occupée pour le moment.

—Ok. Bon j'attends. C'est ce que j'ai mieux à faire de toute façon. Elle est sympa, et jolie avec ça, l'inspectrice Raviski.

—Radinski. L'inspectrice Radinski. Vous la trouvez sympa ? Pas les gens qui passent entre ses mains pour un interrogatoire !

—Ouais, mais moi, elle m'a ramenée à l'hôtel hier ! J'étais au casino, elle aussi. Surprise, non ? —

Martol se tait. Il tente de savoir ce qui relève du vrai ou du faux dans les paroles de Jonathan. L'inspectrice au casino ! Elle joue ou quoi ? A moins que. Il lui parlera, tentera d'évaluer la situation. Il est le plus vieux et elle, une jeunette, en fait, malgré son grade. Et comme les vieux sont plus sages que les jeunes…

De leurs côtés, Tania et Myriam sont occupées par une invitée surprise : Louise, grand-mère de Lola et de Jonathan, mère de Natalie, belle-mère de Benjamin. Personnage central de la famille, haïe par certains, tolérée par d'autres, d'après les témoignages déjà recueillis. Et là, ce sont des révélations bien surprenantes.

— Oui, il était là, dans la chambre, et il a tenté de m'étouffer avec un oreiller. Je l'ai vu, oui. Je suis sûre que c'était lui.

—Que s'est-il passé exactement ?

—J'étais fatiguée alors je suis allée me coucher tôt. Comme j'étais fatiguée, j'ai pensé que si je buvais un peu de vodka, ça irait mieux. Alors j'ai bu de la vodka.

—Beaucoup ?

—Non, pas beaucoup, une ou deux fioles, peut-être. Et après, je me suis endormie sur le canapé. Au bout d'un moment, j'ai senti une présence et j'ai entrouvert les yeux et je l'ai vu.

Il tenait un oreiller au-dessus de ma tête. J'ai crié. Après je ne sais plus ce qu'il s'est passé.

—Oui, mais vous n'êtes pas morte ?

—Peut-être mais il a tenté de me tuer quand même !

—On va l'interroger, ne vous inquiétez pas.

—Après…

—Après quoi ? Vous venez de nous dire que vous ne vous souveniez de rien.

—Si, je l'ai vu ce matin au petit déjeuner. Enfin, c'était trop tard pour descendre et Natalie m'a fait apporter le petit-déjeuner dans la chambre. Il y avait du bruit dans la salle de bain et soudain, il en est sorti. Il avait une sale tête et il ne m'a même pas dit bonjour. Un peu comme Natalie quand elle refuse de m'embrasser le matin. Je suis sa mère quand même ! Depuis quand on n'embrasse pas sa maman ? Je suis seule, voyez-vous et malheureuse, vraiment.

Les deux inspectrices se jettent un bref regard. Qu'arrive-t-il à madame Delard ?

—Oui et donc le petit déjeuner ?

—On s'est assis pour déjeuner. Et là, comme ça, il m'avoue qu'il a tué ma Lola. Il l'a suivie au bord du bassin. Ils se sont disputés et il l'a poussée dans l'eau. Elle s'est cognée et s'est noyée. Il n'a rien fait pour la sauver, rien. Il s'est précipité à la cuisine, a pris la pièce montée et est venu dans la salle avec les serveurs. Voilà. J'ai résolu votre histoire, je crois.

—Vous êtes sûre de vous ? Vous l'accusez, là. Et cela veut dire qu'il va passer des années en prison.

—C'est un sale gosse. Si ça avait été lui, ça aurait été mieux non !

—Pourquoi dites-vous ça ?

—Je n'aime pas ce petit morveux de Ben.

—Nous parlons de Jonathan.

—Oui, c'est ce que je dis, je n'aime pas ce petit morveux de Jonathan. Pas du tout. Et j'ai peur de lui.

Louise Delard se met à pleurer. On la sent pleine de désespoir. Radinski et Grippon n'en reviennent pas. Faut-il la croire, cette femme entre deux âges qu'on dit si méchante ?

—Venez vous installer dans un endroit plus confortable. Vous pourrez vous reprendre un peu. Nous allons revenir. —

Tania rejoint Martol dans la salle d'à-côté.

— Monsieur Vindex, nous venons de voir votre grand-mère.

—La vieille Louise ? Et alors, elle a dit qu'on s'était soulés ensemble cette nuit ?

—C'est ce qui s'est passé ?

—Oui. Tout à fait. Quand l'inspectrice m'a ramenée à l'hôtel- ah, ça vous étonne ? Inspectrice, je m'excuse. Je croyais que la communication passait bien entre vous !

—Arrêtons ça, Jonathan, dit Radinski. Je vous ai ramené à l'hôtel parce que vous ne pouviez pas vous ramener tout seul, non ?

—Oui c'est vrai ça ; j'avoue.

—Et donc, vous avez fait quoi quand vous êtes arrivé ?

—Je n'avais pas mes clés alors j'ai crocheté la baie vitrée et je suis rentré par la chambre de la vieille. Elle était vautrée dans son canapé, complètement bourrée. J'ai imaginé que c'était facile de la tuer, là, avec un oreiller. Et puis, non, je l'ai secouée et lui ai donné une vodka. Elle en avait déjà bu deux ou trois. On en a bu quelques-unes encore et ça l'a achevée. Après je me suis couché dans son lit et le lendemain, on a déjeuné ensemble, dans la chambre. Ma mère avait fait porter le p'titdej.

—Votre grand-mère dit que vous lui avez avoué avoir assassiné Lola.

—Elle dit ça, répondit Jonathan, l'air outré ! Elle n'aura pas à me donner son fric si je suis coupable, c'est ça !

—Pourquoi, c'est vous qui allez hériter ?

—Oui, puisque Lola n'est plus là. C'est logique.

—Pourquoi cela est-il logique ?

—Ma grand-mère nous a annoncé qu'elle donnait toutes ses économies à ma sœur et que ma sœur me donnerait ma part si elle estimait que je la méritais. Il y a une clause comme ça dans son testament.

—Donc si votre sœur mourait, vous hériteriez de votre grand-mère.

—C'est ce que j'ai compris, moi. Mais je n'ai pas tué ma sœur. Et vous, vous la croyez ?

—On attend vos explications. Vous lui avez dit quoi sur la soirée ?

Jonathan semble abasourdi. On dirait qu'il cherche au fond de lui ce qu'il a pu dire ou faire la veille.

—Je ne lui ai pas dit ça ! C'est pas ça que je lui ai dit !

—Vous lui avez dit quoi ?

Le jeune homme pose la tête sur la table, les deux mains enchâssant son crâne. Il se tait.
—Vous lui avez dit quoi, Jonathan, à votre grand-mère ? reprend Radinski d'une voix douce et posée. Dites-nous ce que vous lui avez dit.

—Allez, avoue mon petit, ça sera plus facile après. Tu te sentiras bien mieux. Allez, avoue, nom de Dieu !

—Martol, arrêtez ; il va nous le dire mais il lui faut du temps.

Le garçon relève la tête :

—Je lui ai dit que j'avais suivi Lola dans le parc. Je l'ai appelée et elle ne s'est pas retournée. Elle venait de se disputer avec Dimi alors elle était triste. Puis elle m'a regardée, m'a fait un signe et j'ai compris qu'elle voulait être seule. Je lui ai dit qu'on allait manger le gâteau. Elle a dit — j'arrive —. Alors je l'ai laissée. Voilà ce que j'ai dit à Louise. De toutes façons, elle me déteste. Vous comprenez, je ne suis pas son vrai petit-fils. Elle a toujours fait ça ! Me séparer de ma sœur, de ma mère, même.

—Pourquoi être allé chercher le gâteau alors que vous saviez que Lola ne serait pas là, demande Tania.

—C'était l'heure du gâteau.

—C'était plutôt parce que vous saviez qu'elle ne viendrait pas puisqu'elle était morte, que vous l'aviez tuée ? rétorque Martol.

—Je ne l'ai pas tuée ! Je vous jure que je ne l'ai pas tuée ! Je l'aimais trop ! C'était ma sœur et je l'adorais.

—Pourtant tout vous accuse : votre attitude, vos dettes de jeu, vos mensonges, reprend Martol.

Jonathan ne dit plus rien. Des sanglots secouent ses épaules d'adolescent, des épaules pas suffisamment solides pour porter les accusations de sa grand-mère, pense Radinski.

—L'un des deux ment, dit l'inspectrice. Il faut les confronter. Madame Delard doit être dans la pièce du fond. Elle pleurait tellement que je lui ai dit de s'y reposer.

Quand Louise entre dans la salle où se trouve Jonathan, elle a un moment de panique :

—Je ne veux pas le voir ; non, non, il me fait trop peur ! Ce gamin va me tuer comme il a tué ma fille.

—Venez, dit Martol, asseyez-vous là. Il faut qu'on éclaircisse deux ou trois détails, rien de méchant.

Jonathan reste sans réaction, comme s'il se sentait acculé sans pouvoir plus rien faire. Son regard est vide de toute émotion. Il regarde seulement celle qui est sa grand-mère, cette femme qui l'accuse.

Radinski s'assied à côté de la dame, lui prend la main :

—Louise, vous permettez que je vous appelle Louise ?

La dame acquiesce silencieusement.

—Louise, répétez devant Jonathan ce que vous nous avez dit sur la soirée d'hier.

La vieille dame renifle puis se cache les yeux dans les mains. Elle ne dit rien.

—Louise, nous avons besoin de l'entendre. Jonathan a besoin de l'entendre. C'est trop important.

Rien n'y fait. Louise a disparu derrière ses mains. Elle s'est exclue de la pièce.

—Jonathan, qu'avez-vous fait avec votre grand-mère hier soir ? Que lui avez-vous dit ? demande Martol.

Jonathan regarde Louise :

—Mamie Louise, s'il te plait. Dis la vérité. On a bu, tu sais bien. C'est pas grave de boire un peu trop ; c'est moins grave que de tuer quand même ! Dis la vérité, je t'en prie. Tu ne dis rien ? Tu veux que je sois accusé à tort ?

Mais Louise se tait.

Jonathan se met à pleurer, sans bruit d'abord puis il pousse des cris, se précipite sur sa grand-mère, la secoue. Martol et Tania s'interposent et font sortir le jeune homme.

—Louise, il faut nous dire. Vous ne pouvez pas faire condamner ce garçon s'il n'a rien fait.

Louise ne bouge pas. Soudain, elle lève la tête. Elle a le regard vide des gens qui ont perdu contact avec les autres. Elle a quitté la scène.

L'inspectrice demande qu'on appelle Natalie pour qu'elle vienne chercher sa mère. Jonathan partira avec elles.

Il est tard. La journée a été intense. Pas le temps de souffler. Dur métier !

Radinski s'est levée ; elle regarde dehors. La rue est animée : un flot de voitures qui pétaradent, des ambulances qui entrent au CHU, apportant leur lot de misères humaines. Une jeune femme est morte. L'assassin est peut-être Jonathan ou peut-être pas.

Avant de quitter la salle d'interrogatoire où Louise semble totalement absente :

—Vous nous mentez, n'est-ce pas, madame Delard ? Pensez à Jonathan. C'est votre petit-fils et vous l'aimez, n'est-ce pas ?

Elle ouvre la porte, attend l'ultime réponse qui ne vient pas.

# Chapitre 6.

Le lendemain est un jour magnifique. La nuit a été fraîche, une nuit de janvier, peuplée d'étoiles. Le vent de l'hivernage invite à mettre un lainage mais apporte un peu de répit aux habitants car durant le jour, le soleil pique les épidermes. Radinski apprécie l'heure matinale qui lui permet de se ressourcer : une course rapide dans les champs de canne, quelques mouvements de yoga, une douche et un copieux petit déjeuner durant lequel elle prépare sa journée. Et celle-ci s'annonce longue et complexe. En effet dans l'affaire Montlouis, on ne peut rien prouver, à moins d'éléments nouveaux. Elle s'est promis d'en chercher. D'abord étudier de fond en comble les photos et films pris par les invités et ceux-ci seront enfin disponibles. Peut-être vont-ils livrer l'élément manquant, l'ultime pièce du puzzle ? Elle doit aussi auditionner une nouvelle fois le marié, la grand-mère et son petit-fils.

A sept heures trente, l'inspectrice rejoint son bureau. L'équipe se réunira vers huit heures, quand chacun sera prêt. La transition entre le monde personnel et le monde professionnel peut parfois se révéler difficile. Radinski a toujours à l'esprit l'image de cette magnifique jeune femme, couchée parmi les anthuriums rouge sang. Presqu'un tableau de maître, tant le visage de la victime paraît détendu, exempt de toute crainte, loin de tout questionnement.

Huit heures. Tout le monde est là, même le commissaire qui semble impatient de boucler l'affaire.

—Bonjour à tous. Nous allons faire un point rapide sur l'état d'avancée de notre enquête, dit Radinski. Qui commence ?

—Moi, dit Free.

—Alors du concret et du concis, s'il te plait !

—Voilà. Ce matin, j'ai eu un certain nombre de confirmations. La première permet d'éliminer Souyakis : il a un alibi qui tient et l'histoire entre son père et Lola a été confirmée, hormis un mariage éventuel dont il n'y a aucune trace.

—Même s'il peut se dire tiré d'affaire, il reste quand même un suspect, rétorque Martol.

Rien ne dit qu'il n'a pas payé quelqu'un pour se venger ou lui fournir l'alibi nécessaire.

—Oui, mais tuer pour quelques milliers d'euros ! Je ne pense pas que le monsieur soit fou, s'exclame Free.

—D'accord. Gardons cela à l'esprit malgré tout et voyons les autres, réplique le commissaire. Free ?

—J'ai croisé les témoignages et je pense que Dimitri n'a pas eu le temps d'agir. Tout le monde dit qu'il s'est éclipsé pas plus de dix minutes et son beau-père a confirmé qu'ils étaient ensemble à vingt-deux heures trente. Il le sait parce qu'il a regardé sa montre  pour fixer l'heure de départ à la pêche.

Radinski a un doute :

—Le temps n'a pas la même dimension selon les gens, les moments. Extensible parfois, il peut aussi se rétracter et offrir ainsi l'alibi qui manquait, vous ne pensez pas ? Et puis, les gens avaient autre chose à faire que de regarder leur montre ! Je pense que l'étude attentive des films que nous allons faire ce matin nous en dira davantage. Mais je note la précision apportée par le beau-père.

—Rien d'autre pour ces deux suspects, conclut Free.

—Martol, on rapporte ce qu'on a vécu hier soir ?

Martol raconte en détail la terrible scène dont ils ont été témoins.

—En dépit des accusations de sa grand-mère, Jonathan nie farouchement. La vieille dame semble avoir perdu la tête et son petit-fils est effondré.

—A-t-on des nouvelles du légiste et de la scientifique ? demande Leborgne

—Oui, répond Bouleau. J'ai lu les deux rapports ce matin :  on n'a trouvé aucune preuve que la jeune femme ait été poussée ou qu'elle se soit débattue ; aucune trace de violence. Le fond du bassin n'a rien révélé non plus. Et l'examen minutieux des lieux n'a montré aucune trace de bagarre ou de glissade, comme si Lola était tout simplement tombée.  Heure probable de la mort :  vingt-deux heures trente, vingt-deux heures quarante-cinq. Le corps ne porte qu'une trace de doigts sur le poignet gauche et l'analyse a confirmé qu'il s'agit bien de ceux de son époux et qu'elles ne révèlent rien qui puisse l'incriminer dans le meurtre de son épouse. Une saisie brutale, rien d'autre.

—C'est déjà ça, mon pauvre, réagit vertement Myriam ! C'est un violent, ce gars. Sa mère n'a-t-elle pas dit qu'il faisait des crises ?

—Il était enfant et a été soigné pour cela, explique Tania.

—Chassez le naturel, na, na, na... rétorque l'inspectrice Grippon.

—Nous avons encore toutes les hypothèses : meurtre, accident, suicide, synthétise Bouleau

—Pourquoi suicide ! On se suicide le jour de son mariage ? C'est insensé, ça, dit Free.

—Et si c'était un banal accident ? N'est-ce pas ce que disait Dominique Debancourt, sa belle-mère, répond Radinski. Si bien que ce matin, nous nous répartissons les clichés des invités et nous regardons la période entre vingt-deux heures, heure supposée de la dispute et vingt-trois heures, heure où l'on a retrouvé Lola

Montlouis. Deux groupes : Bouleau avec moi et les autres ensembles.

Il est dix heures. Les images défilent sur les écrans et rien ne semble vraiment éclairer les esprits.

—Eh, attends, dit Grippon à Martol. Reviens en arrière. Là. Le parc. Il est vingt-deux heures vingt. Il y a deux personnes qui marchent en direction du parc : Lola et Dimitri. Elle semble résister, on dirait.

—On les voit de dos, c'est tout. Ils se tiennent par la main, réplique Free. Continue.

Dans l'autre salle, une autre photo de Dimitri interpelle. On y voit le visage crispé du jeune homme et celui presqu'effrayé de Lola. Il est vingt-deux heures dix-huit. La photo semble avoir été prise de la terrasse qui jouxte la salle où s'est déroulée la soirée. L'auteur en est un certain Loïc, l'ex-petit ami de Lola.

—Cela correspond à la photo prise par la photographe. Même heure. Attendez. Oui, voilà, dit Radinski en tendant le cliché à Bouleau.

Un film va retenir l'attention des enquêteurs ; il y voit les mariés se diriger vers le parc à vingt-deux heures dix-huit et Jonathan courant vers la cuisine à vingt-deux heures vingt-cinq et sortant avec le gâteau à vingt-deux heures quarante. Jonathan semble très excité.

—Je pense que l'audition des deux garçons nous apportera quelques précisions.

Le visionnage n'apporte rien de plus.

A onze heures, arrive Dimitri Debancourt. Il a l'air plutôt détendu, pense Radinski qui l'introduit dans la salle d'interrogatoire. Bouleau y est déjà.

—Monsieur Debancourt, comment allez-vous ce matin ?

—A peu près, mais l'organisation de funérailles est plus douloureuse que celle d'un mariage ! Je tiens le coup cependant.

—Monsieur Debancourt, regardez cette photo de vous. Pouvez-vous en situer le moment ? Que ressentiez-vous ?

Debancourt jette un bref coup d'œil :

—Ça, c'est après que j'ai vu Lola danser avec son ex. C'est sûrement à ce moment-là. Et j'étais vraiment furieux. Lola est une provocatrice, je le sais ; mais le jour de nos noces, cela m'a paru vraiment trop dur à accepter.

—Vous êtes violent ?

—Vous voulez savoir si j'ai été violent avec Lola, c'est ça, réplique Dimitri d'un ton rageur ?

—Oui mais pas seulement. Je vois sur cette photo de la colère alors je m'interroge ; D'autant que sur cet autre cliché, il semble que votre épouse vous résiste.

—Nous nous sommes disputés, vous le savez. Je ne l'ai pas tuée, je vous le jure. Je ne peux que vous répéter ce que j'ai déjà dit : j'ai attrapé Lola par le poignet ; d'ailleurs on a pris l'empreinte de mes doigts et confirmé que c'étaient bien eux qui avaient marqué le bras de Lola ; nous sommes allés dans le parc nous expliquer et je l'ai laissée seule comme elle le demandait.

—Entre le moment où vous quittez le mariage et celui où vous revenez, il y a presqu'un quart d'heure.

—Non, ce n'est pas possible. Je dirai : pas plus de dix minutes.

—Pourtant votre beau-père affirme que vous étiez ensemble à vingt-deux heures trente. Il a regardé sa montre pour fixer l'heure de départ à la pêche.

—Justement. Nous parlions depuis au moins cinq minutes. Attendez. J'ai entendu le portable de Lola sonner quand je l'ai laissée. Cela vous donnera l'heure exacte.

—Merci. Nous vous tiendrons au courant.

Dans le couloir attendent Natalie, Ben et Jonathan. Elle prend Dimitri dans ses bras, lui caresse la tête. Celui-ci s'écroule, hoquète de douleur. Ben et Jonathan l'enlacent et lui disent quelques mots. Peut-on jouer ainsi la comédie ? pense Radinski.

—Vous m'attendiez ? J'avais convoqué madame Delard.

—Elle ne viendra pas. Elle a fait une crise de démence cette nuit et j'ai dû la faire hospitaliser. Je crois qu'elle a perdu la tête. Elle se prend pour une petite fille et m'appelle Maman, explique Natalie.

—Nous sommes désolés pour vous, réplique l'inspectrice.

—Avez-vous de nouveaux éléments, demande Ben.

—J'ai appris que Louise avait été odieuse et accusait Jonathan. Ne la croyez pas. Je pense sincèrement qu'il s'agit d'un accident, un banal accident, reprend Natalie.

—Nous vérifions également cette hypothèse. Bon courage, madame Vindex. Monsieur Montlouis, pouvez-vous m'accorder un instant.

—Attends-moi, Nat. Je reviens tout de suite. Dimitri, reste avec Nat.

Ben Montlouis entre dans la salle. Radinski l'invite à s'asseoir.

—Pouvez-vous nous confirmer l'heure à laquelle Dimitri vous a rejoint.

—Comment, vous le soupçonnez ! C'est incroyable ! Vous ne voyez pas dans quel état il est ?

—Certains meurtriers regrettent leur geste, monsieur Montlouis. Sachez que, dans notre métier, nous voyons tout de l'âme humaine !

—Oui excusez-moi. Vous faites votre travail. Je suis sûr qu'il était là à vingt-deux heures trente et nous discutions depuis au moins cinq à six minutes. J'en suis certain. Vous pouvez me croire.

—Merci, dit Radinski. Je vous raccompagne.

—Nous allons attendre Jonathan, je crois.

—Bien. Monsieur Vindex, venez, s'il vous plait.

Jonathan a l'air perdu. On dirait qu'il ne sait pas où il est.

—Détendez-vous. Nous voulons vérifier deux ou trois détails, dit Bouleau.

Jonathan se tait. Puis il respire un grand coup.

—Je vous écoute.

—Regardez ce film et nous en parlons ensuite.

Jonathan semble plus calme et étudie attentivement les images.

—Pourquoi arrivez-vous en courant du parc ? demande Bouleau

—Je voulais porter le gâteau. Je savais que Lola allait arriver puisqu'elle me l'avait dit. C'était une surprise !

—Vous vous êtes disputés avec votre sœur, demande Radinski.

—Pas du tout ! Rien de tout cela ! Croyez-moi. Pourquoi l'aurais-je tuée ? Pour avoir l'argent de Louise ?

—Par exemple.

—C'est ridicule.

—Pourtant, vous avez évoqué la question lors de votre précédent interrogatoire.

—J'étais furieux. Comment une grand-mère peut-elle accuser son petit-fils en mentant !

Oui, j'ai des dettes de jeu ; oui, elle n'a pas voulu me prêter de l'argent ; mais Ben, lui l'a fait et je me suis engagé à revoir ma façon de vivre. Je vais travailler avec Ben dans son restaurant et il m'aidera à surmonter mes démons.

La sincérité du jeune homme marque les deux inspecteurs.

L'hypothèse du meurtre semble s'écrouler. La thèse de l'accident paraît la plus probable.

# Épilogue

Lola s'éclipse rapidement. Elle fait un signe à Jonathan pour l'éloigner. Elle va venir, plus tard. Elle a besoin d'être seule. Elle ne sait plus vraiment où elle en est. Elle marche dans le parc, lentement, même si en elle monte la peur. Celle qu'on éprouve quand on est perdu, quand on ne croit plus en rien. La voilà parvenue au bord de la pièce d'eau. Tout est calme. Quelques grenouilles sautent çà et là sur les feuilles de siguine. Le temps est clair ; le soir est doux. Elle s'assied sur la grosse roche, ôte ses chaussures et met les pieds dans l'eau. La fraîcheur la saisit mais lui procure aussi une forme d'apaisement, une sorte de clairvoyance immédiate. Cette dispute avec Dimitri ! Pour des broutilles ! Pour des histoires sans importance ! Elle a dansé avec Loïc ? Et alors, c'est un ami, oui, un ex-petit ami peut-être mais ils ont tous grandi, ils en ont rencontré d'autres, lui comme elle. Dimitri serait-il un de ces hommes jaloux qui tiennent en laisse leur femme comme un gentil toutou ? Dans ce cas, qu'espérer de ce mariage ? Une prison dorée dont on aurait jeté la clé ? Alors Dimitri l'aime-t-il vraiment ? Et elle ?

Bien sûr ils s'entendent bien, Bien sûr, la vie paraît toute simple avec lui : il la rassure, la protège. Mais cette protection ne va-t-elle pas se transformer en une emprise dont elle ne pourra plus se défaire ?

Elle ne sait plus.

Et si elle s'était trompée ? Et si elle ne se mariait que pour répondre à une norme sociale ? Devenir madame Debancourt ? S'installer en tant qu'épouse, avec un foyer, des enfants, plus tard, pour faire comme tout le monde ? Elle a toujours détesté faire comme tout le monde. Alors, aujourd'hui, aurait-elle abdiqué face à la norme ? Se serait-elle rangée ? Enfin, a dû dire Natalie ! Pour faire quoi ? Pour vivre quoi ? C'est avant que tu aurais dû y penser, ma chérie, aurait pu lui dire Louise avec son petit air pincé.

Oui, mais avant, elle n'y pensait pas !

Revoir Yannis Souyakis l'a replongée dans l'univers si grisant du luxe et de l'imprévu qu'il peut offrir. Un espace de liberté totale, tant qu'on peut faire ce qui est acceptable. Et en même temps, elle a eu tellement peur quand elle l'a aperçu. Et ce regard, sombre et cruel. Il est dangereux, elle le sait. Il a des comptes à régler avec elle. Non qu'elle ait dépouillé son père, ils n'étaient pas mariés. Et c'est lui qui a hérité ! Mais personne ne peut rien contre la rancune d'un tel homme, ni Ben, ni Natalie, encore moins Dimitri. Trop honnêtes. Elle ne peut pas tout leur dire. Jamais. Elle serait nue devant eux, soudain enveloppée de sa honte et de ses turpitudes.

Elle ne sait plus quoi penser. Elle entend la musique et les voix lointaines, comme par-delà une frontière. Tous ces gens qui font la fête pour eux, pour elle ! Qu'elle aurait aimé y participer ! Mais c'est le mariage d'une autre Lola, une fille charmante, joyeuse, amoureuse. Elle a disparu, ce soir.

Lola regarde autour d'elle : c'est un havre de paix, si beau, si tranquille, qui invite à la sérénité, à la solitude, à l'oubli. Un refuge protecteur où l'on peut souffler, une réponse aux questions douloureuses qui la hantent.

Toucher l'eau dormante, se laisser caresser, glisser tout doucement au plus profond du bassin, les doigts, la main, l'avant-bras, le coude, le bras entier, le corps entier... Et après ? Et si on se laissait aller, lentement, sans penser à rien d'autre qu'à la fin du désespoir et du chagrin ?

Légère, légère et enfin libre.

# Table

## Partie I

## Partie II